그대와 나에겐
아무 일도
일어나지 않았습니다

■ **(주)고려원북스** 는 우리들의 가슴속에 영원히 남을 지혜가 넘치는 좋은 책을 만들겠습니다.

그대와 나에겐 아무일도 일어나지 않았습니다

초판 1쇄 | 2012년 7월 17일

지은이 | 남학현
펴낸이 | 이용배
펴낸곳 | (주)고려원북스
편집주간 | 설응도

기획 | 성장현, 유재혁
기획편집 | 안은주
판매처 | (주)북스컴, Bookscom, Inc.

출판등록 | 2004년 5월 6일(제16-3336호)
주소 | 서울 광진구 중곡동 639-9번지 동명빌딩 7층
전화번호 | 02-466-1207
팩스번호 | 02-466-1301
e-mail | koreaonebook@naver.com

ISBN 978-89-94543-48-2 03810

잘못 만들어진 책은 구입처나 본사에서 교환해 드립니다.

그대와 나에겐
아무 일도
일어나지 않았습니다
월하 남학현 지음
(주)고려원북스

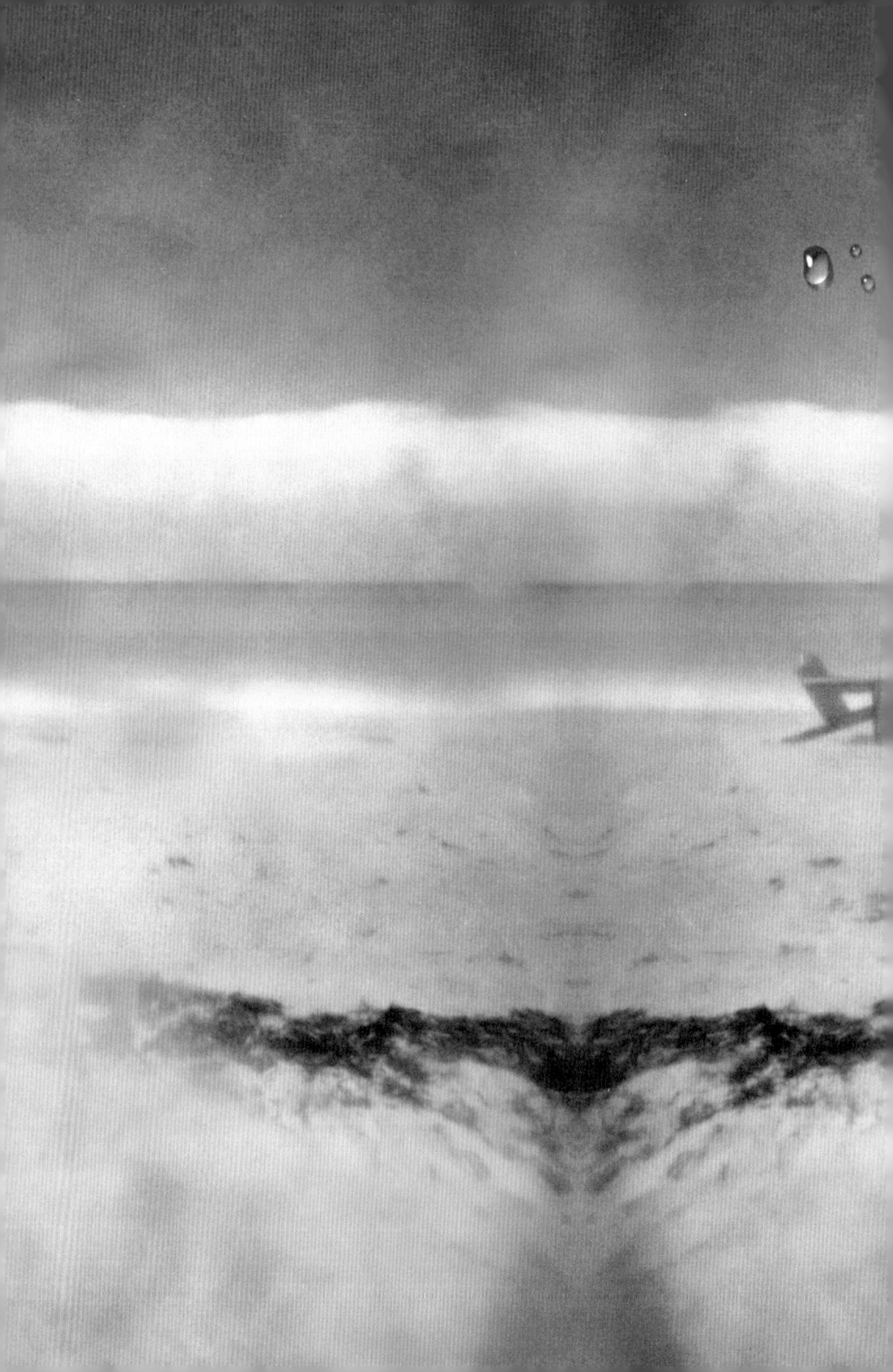

사랑하는 아내, 안경혜에게 바칩니다.
그대와 나에겐 아무 일도 일어나지 않았습니다.

사진 속의 그녀, 그곳에 있기에는 아직 젊었다.
이제 제법 살아가는 재미를 느낄 만한 갓 쉰을 넘긴 나이, 느닷없이 쓰러진 그녀는 그렇게 떠나버렸다.

남자는 절규했다.
먼 길을 홀로 떠나야 하는 아내에게 아직 못해준 말이 남아 있었다.
아이들 다 키워놓고 시간 되면 같이 하자고 미뤘던 마음공부.
이럴 줄 알았으면, 이렇게 빨리 갈 줄 알았으면….
가슴을 후벼 파는 후회, 마음공부를 했더라면 죽음의 길이 그렇게 무섭고 힘들진 않았을 텐데.

젊은 시절, 죽음의 문턱에서 살아났던 남자는 평생을 명상과 수련에 몰두했다.
직장에 다니면서도, 미국에서 MBA를 거쳐 박사학위를 받으면서도, 협상학 강의를 나가면서도 놓지 않은 것이 마음공부였다.
일주일씩 집을 비우면서까지, 그렇게 수십 년간 해왔던 그 좋았던 공부를 정작 아내에겐 시켜주지 못한 것이다.

의사에게 마지막 선고를 받은 날부터 남자는 미친 듯이 컴퓨터 자판을 두드렸다. 이미 아내의 의식이 없는 뒤늦은 시간이었지만, 혹시 그녀의 영혼이라도 자신의 글을 읽을 수 있을까 싶어, 그래서 조금이라도 마음공부를 하고 먼 길을 떠날 수 있을까 싶어.
그 기록이 이 책의 1부다. 아내가 떠나는 날까지 단숨에 써내려간, 오로지 그 글을 쓰는 것만이 남자가 아내를 위해 해줄 수 있었던 유일한 위로이자 선물이었다.

아내는 이미 남자 옆에 없다.
그러나 남자는 여전히 컴퓨터 자판을 두드린다.
아내에게 못해준 마음공부, 그것이 안타깝고 안타까워 아내뿐만 아니라, 집착때문에 힘들어하거나 외롭거나, 죽음의 두려움 때문에 힘든 누군가를 위해 아내 생각에 잠 못 이루던 불면의 밤마다 써내려갔다.
수십 년간 공부해 깨달았던 진리에 대해 과학과 논리를 도구로 '참나를 찾아가는 마음공부' 에세이를 완성한 것이다.
그것이 이 책의 2부다.

이 책은 남자에게, 아내에게 바치는 사랑이다.
못 다한 이야기 때문에 가슴 아픈 스스로에 대한 치유이다.
그리고 세상 사람들에게 진실을 전하고픈 간절한 외침이다.

| 서문 |

사랑하는 나의 그대와 세상의 모든 그대들에게

"마음의 준비를 하십시오."

사랑하는 아내가 누워있는 중환자실에서 의사 선생님이 내게 말했다. 멍~ 했다.

'그래! 죽음이 바로 눈앞에 있었구나….'

남은 가족들이 어떻게 살아갈지는 그 다음이었다.

맞닥뜨린 죽음, 공포….

아내는 지금 얼마나 무서울까! 갑작스레 모두를 두고 떠나는 길이 얼마나 애통할까! 홀로 떠나는 길이니 얼마나 불안하고 외로울까!

어떤 위안이라도 찾아보려 했다. 같이 갈 수 없는 길, 불안하고 외로운 길에 해줄 수 있는 위안을…. 하지만 의식이 없으니 함께 이야기도 할 수 없고, 마주 보고 들려줄 수가 없다.

집으로 돌아와 밤마다, 간절히 글을 썼다. 아내가 이 글을 마음으로라도 읽을 수 있었으면…. 몸뚱이가 안 움직이니 영혼이라도 다가와서 이 글을 읽을 수 있었으면….

'절실함이 통하니 더 잘 이해할 수 있겠지. 평소 내가 무슨 공부를 하는지 알고 있었고, 스님과 도반들과도 같이 만나 얘기하고, 조금씩은 내 마음공부 글들을 읽어봤으니 그나마 정말 다행이다. 나의 글들이 조금이라도 위안이 되면 가는 길에 좀 더 의연하고 담대하고 편안할 수 있겠지. 좋은 곳으로 찾아가겠지.'
소망과 간절함이 담긴 글들을 이어갔다.

정말 후회스러웠다. 아이가 대학에 간 후에는 같이 마음공부하자고 미루고 미루다 이렇게 갑작스레 떠나보내게 된 것이 통한의 실수였다. 진작 시작할 걸…. 조금 더 공부시킬 걸…. 사랑하는 아내를 못 도와준 나의 마음공부.

그렇다. 이제라도 사랑하는 그대에게 글들을 모아 바치자. 저세상에서라도 읽을 수 있다면, 그래서 마음이 통해서 못다 한 늦은 공부를 같이 할 수 있으면 얼마나 좋을까! 소망을 담아 책을 내고 싶었다. 하지만 행동은 마음과 달리 굼뜨기만 했다.

어느 날 바다 여행을 갔다. 넓은 바다. 바위에 부서지는 파도의 포말. 바다에서 생겨 포말로 부서져 곧이어 바다로 돌아가는 파도들. 근원에서 나왔다가 근원으로 돌아가는 자연.
'그래 모두가 돌아가는 거지 뭐.' 아내에 대한 추억 그리고 죽음에 대한 순응. 위로와 관조의 시간을 가지고 있었다.
그런데 엄마나 아내와 함께 온 가족들의 모습을 보며, 어느새 아쉬워하고 슬퍼하는 나를 발견했다. '같이 왔더라면…. 그랬으면 아내가 즐거워했을 텐데….'
더 이상 함께할 수 없는 아내를 자꾸만 불러오고 있었다.

순간, 이 모든 아쉬움과 바람은 나의 이기심 때문이라는 생각이 들었다. '이랬으면…' 하는 것도 그러면 내가 좋기 때문이요, 같이 와서 아내가 즐거워하길 바라는 것도 그러면 내가 즐겁기 때문이었다. 돌아보면 오로지 나를 위한 인생이요 자신의 욕심을 위한 노력들이었다. 나를 위한 직장, 나의 가족, 나를 위한 공부, 나를 위해 이루어져야 하는 일. 이 모든 것의 중심에 '나' 가 있었다.
그렇다! 이기심을 줄여야 마음이 가벼워지고 그리움도 줄어들 테다. 가장 좋은 특효약이 자비와 보시, 남을 위한 봉사라고 했다.

나를 위한 공부가 주변 사람에게 도움을 줄 수 있는 공부가 될 수 있다면, 사랑하는 그대를 위한 글이지만 세상의 모든 그대들에게 바치는 글이 될 수 있다면…. 그리고 한참 부족하고 모자란 글이지만 누군가에게 위안이 되고 격려가 되고 힘이 될 수 있다면…. 이런 바람이 다시 생겼다.

그렇다. 때를 놓쳐 아내의 마음공부를 도와주지 못한 내가 지금 또 미루다가는 이 순간 이 글이 조금이라도 위안이 되고 공부에 도움이 될 수 있는 사람들에게 또 후회스러운 일을 하게 된다. 나의 글 모음에 가속이 붙었다.

이 글들은 자신의 본래 모습을 찾아가는 마음공부에 관한 것이다. 명상을 통해, 과학과 논리를 통해, 이성적으로 자신의 본래 모습을 탐구하려는 이 글들이, '조그만 몸뚱이로서의 나'가 아니라 온 우주가 나의 놀음놀이인 여러분의 본래 모습을 눈치채는 데 도움이 되었으면 좋겠다. 그래서 현대를 살아가는 우리들의 외로움, 불안, 집착, 그리고 죽음에 대한 공포를 근원적으로 치유하는 데 조금이라도 도움이 되었으면 좋겠다.

이 책을 사랑하는 나의 그대와 세상의 모든 그대들에게 바친다.

2012년 6월 남학현 두 손 모음

| 차 례 |

PART II
마음공부

아내는 동양화를 전공했다.
한자락 촛불이 방의 어둠을 가시게 하듯
한송이 연꽃은 진흙탕의 연못을 향기로 채운다.
그대의 삶!! 주변을 훈훈하게 하였다.

내 곁에 왔던 연꽃 한 송이

아내와 함께했던 추억

첫 만남

조카의 미술 선생,

똘망똘망한 눈빛에 이끌리다.

저, 키가 작지요?

아뇨, 눈이 큰데요.

데이트를 시작하다

시장에서 물건 하나 사고 거스름돈 야무지게 세는 걸 보고

대충하는 내 성격에 묘하게도 어울린다는 생각.

그러다 내가 갑자기 간염으로 입원하다.

이제 막 사랑을 보았는데

흰 침대에 누워서도

혹시 이대로 떠날지도 모른다는 근심으로

몸보다 마음이 더 아팠던 그때

꿈결처럼, 의사 선생님께 부탁하던 간절한 음성과 뜨거운 손길

매일 곁을 지켜주던 그대.

결혼하다

신혼 생활, 나는 종합상사맨, 아내는 미술학원장.
가끔씩 칼로 물 베기, 출장비 아껴 사주었던 구찌 시계.
그렇게 인생의 동반자가 되고
4년 동안 기다렸던 소식,
수줍고도 자랑스럽던 첫아이 임신.
한밤에도 유모차 끌고 아파트 한 바퀴
어느새 둘째 아이.
잘 키워야지 여느 부부들처럼 우리도 머리를 맞대고
피아노 미술도 가르치고 부지런히 학원에 보내고
잘도 자라던 두 아이들.

유학을 결심하다

10년간 다니던 회사를 갑자기 그만두고
놀랄 겨를도 없이 졸지에 애 둘 데리고 미국에 온
가난한 유학생의 아내로 바뀌고 말았다.

20만 원과 함께 아버지의 편지, 내가 줄 수 있는 전부다 .
퇴직금은 첫 학기 등록금으로 다 쓰였다 .
공부가 힘들 때마다 후회와 불안, 아내에게 미안함.

내가 온갖 근심에 뜬눈으로 밤을 새울 때
그런데 아내는 쿨쿨 잠도 잘 잤다.
어느새 아내는 데이트하던 때의 모습으로 바뀌었다 .
미싱을 배우더니 소매 하나에 10원,
둘째 애 우유 물려가며 밤새 미싱을 돌렸다 .
새벽 납품을 위해 나를 깨워
차가운 뉴저지의 새벽 길을 함께 나섰다 .
먼지 알레르기로 잔기침을 하면서.

방학 때면 나는 일식당의 나비넥타이 맨 웨이터
주급과 팁을 아내는 다음 학기 등록금으로 모았다.
차곡차곡 해맑은 미소로 함께 싸서.

MBA 마치다
귀국 후 나는 다시 직장을 다니고 아내는 다시 미술 과외를 하고
유학 빚 갚아가며 아이들 키우고, 개미처럼 조금씩 모아가며
갖가지 희비고락을 하나하나 같이하며 지냈다.
큰애가 외고 진학하면서 나는 뒷전이 되었다.
밤늦게까지 아이들 공부 지켜보고
또 새벽에 밥 먹여 6시 반 스쿨버스 태워 보내느라
아내는 아침에 다시 잠을 잤다.
깨우지 못하고 혼자 조용히 챙겨 먹고 나가야 했다.

퇴근 후 집에 오면 눈인사 후에도 전화를 붙잡고 있다.
학교 수다, 학원 수다, 친구들 수다, 종류도 참 많다.
전화 수다도 정보 수집이란다.
인맥도 참 넓다.
미국 뉴저지 팀, 두 아이 학부모 팀, 학교 동창, 이웃들.
주변 사람들도 많이 챙겨주는 것 같다. 굵은 인생.

갑자기 발마사지를 해주겠다고 한다.
왜? 독거노인 봉사활동 하는데 배운 것 미리 연습해야 한단다.
그래 기특하군, 덕분에 나도 가끔 서비스 받겠구나.
하지만 착각, 그게 마지막이었다.
해줘~ 피곤해~
아내에게 나는 철부지였다.

마흔다섯에 시작한 박사과정,
협상론을 전공하며 책도 썼다.
책에 싸인 좀 해줘, 남편이 책 썼다고 친구들에게 자랑할래.
내 덕분에 친구한테 광내는 줄 알아, 나는 우쭐거렸다.

홀로 계신 아버님 댁에 가서
구석구석 팔 걷어붙이고 청소하던 아내에게
남몰래 감사했다.

나는 가끔 인도로 갔다

젊은 시절 죽을 뻔했던 경험 때문인지
명상과 수련은 내 평생의 마음공부.
일주일씩 있다가 오려면 마나님 결재를 잘 받아야 한다.
왜 가는데?
가서 자식 잘되라고 열심히 기도하고 올게.
일주일씩 수련원에 앉아 있을 때 문득 문자가 온다.
기도 잘했어? 그럼 당연하지~.

이 좋은 공부 같이 해야지.
가만히 배운 것을 메모하여 가만히 건네본다.
한번 읽어봐.
아이, 뭐가 이리 어려워?
그래, 애 키우고 우리끼리 시간 되면 같이 공부 시작하지 뭐
그러면서도 같이 스님도 만나고 도반들도 만나고….
고맙고 좋았다.
가끔씩은 '당연하지~' 하며 이미 체득한 것들도 많아
나를 깜짝 놀라게도 했다

남들처럼 평온한 일상의 나날들

애들 학교 잘 다니고 나는 직장 잘 가고
재산도 조금씩 모으고, 여행도 틈틈이 가고, 친구와 수다도 떨고,

이런저런 일상의 기대와
조그만 희망들에 익숙해져가고 있던 어느 날
꽝 부딪치는 소리에 나는 깜짝 놀라 잠이 깼다.

아내가 쓰러져 있었다
왜 그래?
급박한 나의 고함 소리에 아내는 무언가 중얼중얼할 뿐이었다.
황급히 병원으로 갔더니
뇌출혈이란다, 죽거나 마비가 될 수 있단다.
중환자실 앞에서 밤을 새우며 간절히 기도했다.
천만다행으로 출혈 부위가 뇌 끝 부분이라 손상이 적었다.
한 달 만에 퇴원하여 기억도 찾아가고 체력도 회복하면서
다시 찾은 기대와 보람의 시간이었다.
손잡고 마트도 가고 외식도 하고, 새로 이사 간 언니 집도 가고,
희망이 있었다.
이제 큰 핏줄 연결하는 수술만 잘 하고 나면 다시 예전처럼 살자.

그런데
아내는 평소 안 하던 행동을 하는 것이었다.
애들 방을 하나하나 문 열어보고
내가 외출할 때면 꼭 현관 앞까지 나와 손을 흔들었다.

2011년 새해 아침에 아내는 다시 쓰러졌다
119를 애타게 기다리는 동안 아내는
내 손을 붙잡고 바르르 떨었다.
다시 뇌출혈.
저번처럼 퇴원해서 부분이라도
일상을 같이 할 수 있게 해달라는 기도에도
의사는 마지막 선고를 하였다.
중환자실에 누운 평온한 얼굴을 마지막으로
그렇게 나는 아내를 보냈다.

"병원에 갈까? 왜 자꾸 눈 주위를 문질러?"
"그래야 풀리지."
마주 보며 나누었던 이 대화를 마지막으로
해맑은 미소를 지은 채 아내는 떠났다.

사랑하던 아내는 그렇게 떠났다.

아내가 석굴암의 감동을 특수기법으로 표현했다.
항상 침대 옆에 있으며
나와 함께 하루를 시작하고 하루를 마친다.
우리 모두가 부처이니 그대와 나는 영원히 하나다.

PART I
사랑하는 그대에게

One's Beloved You! 01

그대는 항상 나와 하나요, 그냥 그대로다

그대, 사랑하는 그대여, 지금 가장 후회스러운 것은 그대에게 이 공부를 시키지 못했다는 것. '때가 되면, 때가 되면….' 미루던 게 결국 이렇게 되었구먼.

그대도 알다시피 이 몸뚱어리는 계속 변해온 것이 사실이지.
갓 잉태되었을 때를 몸뚱어리의 시작이라고 보면, 그때는 눈에 보이지도 않는 정자 난자의 결합이 그대의 몸이었지.
그것이 분화되고 자라서 태어날 때는 조그만 어린아이의 모습을 갖추었지. 그리고는 그 아이가 커서 오십이 넘은 지금 그대의 몸으로 바뀌어왔지. 그 난자 정자의 결합으로부터 지금의 몸까지 그대의 몸뚱이는 얼마나 많이 바뀌어왔을까?

매 순간 세포가 나고 죽고 변해서, 2년이면 몸뚱이를 구성하는 세포 대부분이 바뀐다고 해.

이렇게 끊임없이 바뀌는 이 몸뚱이가 그대인가?
계속 바뀌고 있는데 무엇을 잡고 어느 순간을 잡고 나라고 할 수 있을까? 걷어 잡을 것이 없지. 항시 변하는 몸에는 나라고 콕 집어 말할 것이 없지. 그렇지만 세포들이 바뀌고 몸뚱이가 바뀌어도 그대는 옛적 어린 시절이나 지금이나 그대로 그대지. 어린 몸뚱이를 굴리던 그대가 수없이 바뀐 지금의 몸뚱이를 부리는 그대이고, 어릴 적 그대와 지금의 그대는 변치 않고 그대로지.
그러면 몸뚱이는 변해도 그대는 변함없이 그대로잖아?
몸뚱이에는 생사가 있어도 그대는 변치 않으니 생사가 없지.

그렇다고 계속 변하는 너의 마음을 너라고 착각하지는 마라.
그 마음은 몸의 감각 기관이 외부 대상을 만나 생겨난 지식과 생각들이 모인 것이다. 또 잠시도 쉬지 않고 변하는 것이고….
지금 말하는 것은 변해가는 생각의 다발로서의 마음이 아니라, 몸뚱이를 굴리는 주인공 자리의 그놈을 말하는 거다. 눈으로 보고 귀로 듣고 코로 냄새 맡고 손으로 느끼고 입으로 말하는 그놈.

그놈이 감각 기관을 쓰며 온갖 세상을 만들어내니, 그놈은 무한의 가능성이요, 변하는 몸뚱이를 계속 쓰는 변치 않는 그놈이요, 그놈은 시간이 지나도 변치 않으니 탄생과 죽음이 없다.

몸뚱이를 굴리는 그놈은 지금까지 쉼 없이 바뀌어온 몸뚱이를 계속 굴려왔고, 또 몸뚱이를 몽땅 다 바꾸더라도 같은 그놈이지. 굴리던 그놈은 변치 않는 것이지. 당연하지!
자동차를 운전하던 그놈, 운전사가 자동차가 낡으면 자동차를 바꾸는 것이다.

그대여 똑바로 새겨듣고 알아라!
몸뚱어리는 한꺼번에 몽땅 보내도 너는 결코 죽지 않는다.
새 옷을 갈아입듯 자동차를 바꾸듯 몸뚱이를 바꾸는 너는 무한한 허공으로서의 그대요, 공적영지[1]로서의 모든 것을 창조하는 온 우주와 하나인 너다.

생사를 초월한 너,
시간과 공간을 초월한 너,
있음과 없음을 초월한 너,
온갖 상대성을 벗어난 절대성의 너,
생사가 없는 너는 몸뚱이가 사라져도
항상 나와 하나요, 함께 있는 것이다.

너와 내가 하나인 그 자리에서 벌이는 환상놀이,
환상놀이는 그냥 오고 가라고 하자.
환상놀이 그 자체의 법칙에 따라, 인과에 따라….

하지만,

본래의 너는 모양도 시간도 공간도 생사도 없는 무한의 너이니,

몸이 죽어도 너에게는 죽음이 없으며,

마음이 슬퍼도 너에게는 슬픔이 없으며,

서로 다른 세상으로 헤어지는 듯해도 우리에게 헤어짐은 없다.

그대는 항상 나와 하나요 그냥 그대로다.

아무것도 일어나지 않았다!

무한의 공적영지… 너… 나….

하나… 하나도 아님….

One's Beloved You! 02

이 몸뚱이와 세상, 지금의 슬픔이 전부가 아니다

사실 눈에 보이는 모든 것은 가짜이네.
모양 있는 사물은 사람이 갖고 있는 눈이라는 기관의 성능 탓에 이렇게 보인다네.
사람의 눈이 엑스레이 성능이었다면 그에 따라 세상도 다르게 보이겠지? 부드러운 피부나 맑은 눈동자는 있을 수 없을 거야.
2킬로미터나 멀리 보는 독수리 눈이었다면 우리 눈에는 아무것도 없는 그 멀리에도 뭔가 있는 걸 보겠지. 다른 세상이겠지.
개미의 눈에는 거의 이차원의 세계만 존재하겠지. 큰 산이나 바다는 존재하지 않겠지.
사람의 눈이 양자물리학의 현미경 같다면 어떻게 될까? 나타났다 없어지는 원자핵, 전자, 공의 세계만 존재하겠지.

괴롭거나 울적할 때면, 너의 눈이 양자물리학의 눈이라고 생각해봐.
거기에 무슨 생사가 있고, 행불행이 있고, 가족이 있고 자식의 대학 입시가 있나? 텅 빈 공의 세계, 무한한 가능성의 세계만 있지.
그러면, 우리의 이 세상은 절대적이거나 불변이 아니다.

이 눈의 성능 때문에 사물이 이렇게 있고 희로애락의 대상이 되고 나타났다 변하고 사라지는 것이지. 지금 이 세상은 눈이라는 기관을 통해 볼 줄 아는 그놈이 습관과 착각이라는 망상을 통해 만든 세상이지.
그냥 만들어 놀아보는 세상이라네. 울고불고할 것은 없어.
무한한 가능성 중 하나로 이 세상의 놀음놀이를 만든 거야.

희로애락이란 것도 마찬가지!
모두 다 상대적이고 그대가 만든 가짜라네.
행복이나 기쁨만을 얻을 수 있는 것도 아니라네.
되돌아 지난 일생을 압축해봐.
기쁘고 슬프고, 좋고 싫었던, 울고 웃었던 모든 것이 변하며 쌓여 있으니 시간을 압축하고 보면 지난 인생이 꼭 좋은 것도 슬픈 것도 아니지. 지금 이 순간이 꼭 좋은 것도 슬픈 것도 아니지.
그냥 시간이 없는 그놈이 굴리는 시간의 세상.

너는 이렇게 세상을 만들고 시간을 굴리는, 그러면서도 그것을 초월하여 있는 무한의 허공으로서의 너다.

시시하게 이 몸뚱이가 이 세상이 지금의 슬픔이 아쉬움이 전부라고 착각하지 마. 씩씩하게 굴려 이 세상을….
화이팅!

One's Beloved You! 03

일어나고 사라지는 마음은 착각이 만든 것…

마음이 아프다, 괴롭다고 하지.
하지만 자세히 살펴보면 이 마음도 헛것이라네.

울고 웃고 좋아하고 싫어하고 바라고 피하려 하는 이 마음은,
모두 이 몸뚱이를 나라고 착각하면서
나의 것 나의 가족 나의 마음이라고 경계를 지으며 생긴
헛된 생각이라네.

무엇이 인연으로 올지도 모르는데
이랬으면 바랐다가 실제는 또 한 치 앞도 못 보고 오히려 새옹지마.
무엇이 좋은지도 모르면서
빚을 갚는 것인지 저축을 하는 것인지
까먹는 것인지도 모르면서….
이 모두는 지나고 나면 다 가소로운 것임을 알게 된다.

중요한 것은 이 일어나고 사라지는 마음, 곧 생각들은
주위 사물의 인식, 주입된 생각, 갈망 등의 착각이 만든 것이고,
그것의 근원, 마음 일어나기 이전의 나를 꼭 잡고
거기에 머물러야 하는 것이네.

보고 듣고 말하는 이놈, 몸뚱이를 굴리는 이놈,
감각 기관으로 세상을 만드는 이놈,
무한한 공적영지의 이놈!
거기엔 모두가 하나,
영원히 함께하고 너와 나의 헤어짐도 없는 거야.

One's Beloved You! 04

카르마에 행위자는 없다

육체의 삶에 대해 우리는 많은 고민과 안타까움을 겪고 느끼지. '이렇게 되면 좋았을걸, 이렇게 되지 않으면 좋았을걸' 하며 몸뚱이가 겪는 것에 대해 이런저런 갈망과 괴로움을 겪지.
사실 몸뚱이가 겪는 것이 우리 삶의 희로애락의 거의 전부지.

그런데 몸뚱이가 겪는 것은 사실 원인과 결과의 법칙에 따라 오고 가는 것이란다. 몸뚱이의 현상적 세계는 우주의 기원 시절부터 시작된 시간과 온 우주에 걸친 공간에 걸쳐 지금까지 만들어지고 쌓여온 모든 원인들이 지금 이런 결과로 나타나는 것이란다.
극미 원소로부터, 원자, 분자, 아메바 미생물에서 진화하여 지금의 인간이라는 몸까지 진화하여 이 몸이 나타났고, 과거의 너의 엄마 아빠가 갖고 있던 원인과 결과로 너의 몸이 이렇게 만들어졌지. 태어나서는 온 우주의 영향을 받으며 세포가 변해 이렇게 성인이 되고 이렇게 성격과 성향을 가지도록 키워왔고, 과거의 학교, 공부, 친구, 사귐, 남편, 자녀, 주변 환경…. 이런 것들이 모두 모두 그 이전의 원인으로 만들어지고 그것이 다시 결과로 너에게 영향을 주어 육체적으로 이 일 저 일을 겪게 하지.
한마디로 지금 주어진 육체의 일은 모두 과거에 원인들이 만들어지고 주어진 것이란다.

이 사실을 알면 이런저런 이유로 몸뚱이에 대해 애태우는 것이 줄거나 없어지지. 어차피 인과에 따라 만들어지고 오게 되어 있는 것이니 마음을 다잡고 수용하게 되지. 좋지 않아 보이는 고생은 이전에 진 빚을 갚는 것이고 좋은 일 하는 것은 미래를 향한 저축을 하는 것이란다.

그리고 지유스님 말씀마따나 모습은 돌고 돌 뿐이지.
죽음을 기뻐하라, 곧 새로운 탄생을 맞아 새로운 출발을 하게 될 것이니!
탄생을 슬퍼하라, 곧 죽음을 맞아 정리하게 되는 날이 오리니!
너는 좋은 일 열심히 많이 하였으니 빚도 갚고 저축도 많이 해놓아서 이제는 좋은 일만 생길 거야.
그러니 슬퍼 말자.

마하르쉬[2]님도 말씀하셨지.

> 바가반의 어머니가 그에게 물었다.
> 바가반은 종이에 글을 써서 대답했다.

"어디에나 있는 창조주는 사람들로 하여금 카르마에 따라 삶에서 맡은 역할을 하도록 합니다.
정해지지 않은 일은 아무리 애를 써도 일어나지 않을 것입니다.
정해진 일은 아무리 안 그러려고 애를 써도 반드시 일어날 것입니다. 이것은 확실합니다. 그러므로 가장 좋은 길은 고요히 있는 것입니다(Be Silent)".

"현재의 운명은 과거의 행위들의 결과이다. 행위들은 이미 끝났고 완료되었다. 그것들을 지금 어떻게 없앨 수 있는가?"

"인간의 삶에서 고향 가족 경력 직업 결혼 죽음 등과 같은 두드러진 사건들이 모두 자신의 카르마[3] 안에서 미리 결정된다는 것은 이해할 수 있습니다. 하지만 삶에서 일어나는 가장 사소한 세부사항들까지 모두 미리 결정될 수 있습니까?"
"물론이다. 몸이 하기로 되어 있는 모든 일, 몸이 겪기로 되어 있는 모든 경험은 몸이 생길 때 이미 정해져 있다.
인간이 가지고 있는 유일한 자유는 자신을 몸과 동일시하지 않게 할 수 있는 가나(참나에 대한 지식)를 얻으려 노력하여 그것을 얻을 수 있다는 것이다. 몸은 카르마에 의해 불가피하게 부여된 행위들을 겪을 것이다. 그러나 인간은 자신을 몸과 동일시하여 그것의 행위들의 결실에 집착할 수도 있고 아니면 몸에서 초연하여 그것의 행위들을 단지 목격하는 자로 남을 수 있는 자유가 있다."

"그대의 카르마로 인해 어떤 것이 그대에게 다가온다면 그대는 그것을 피할 수 없다. 만약 그대가 그대에게 오는 것을 특별한 집착 없이 그것을 더 많이 갖거나 되풀이하기를 원하는 욕망 없이 받아들인다면 그것은 그대를 더 많은 탄생으로 이끄는 해를 끼치지 않을 수가 있다."

"죽은 아이의 몸이 그 몸의 용도가 다하지 않았다면 죽지 않을 것이다. 그것은 자연의 법칙이다."

"그대는 지금 태어났는가?

사실은 카르마가 우리를 괴롭히지 않는다. 우리를 괴롭히는 것은 오로지 행위자 느낌이다. 카르마를 행한다거나 그것을 떠난다는 생각은 잘못이다. 카르마의 행위자가 누구인지를 생각해보라."

우리가 찬찬히 생각해봐도 맞고, 이런 성자께서도 말씀하시니 우리는 그렇게 알고 행동해야겠지?

화이팅! 화이팅!

One's Beloved You! 05

그대에게는 아무 일도 일어나지 않았다

그대 육신은 갔지만,

그대의 그 자리, 그 자리에서는 아무 일도 일어나지 않았다.

부모미생전[4]의 그 자리.

본래무일물[5]의 그 자리.

아무 일도 어떤 일도 일어나지 않았고 더하고 덜할 것도 없다.

몸을 굴리는 그 자리 그놈이 몸의 감각 기관을 빌려 만드는

환의 세상에서는 온갖 일이 일어난다, 항상 일어난다.

생사가 생기고 이별이 생기고 희로애락, 생주이멸[6], 성주괴공[7],

온갖 놀음놀이가 생겨난다.

그 자리의 놀음놀이로 환(幻)의 자리가 일어난다.

절대와 상대의 앞자리와 절대 상대가, 유무의 앞자리와 유무가,

생사의 앞자리와 생사가, 시공의 앞자리와 시공이,

함께, 그냥 그대로 일어난다.

安京慧心은 空寂靈知 虛明自照 不勞心力
그대의 영은 공적하여 아무 모습도 없으면서 신령스럽게 안다.
허허로이 밝아 저절로 비추나니 애써 마음 쓸 일 아니로다.

함이 없이 하고
삶이 없이 살고
죽음이 없이 죽고,
가고 옴이 없이 가고 온다.

함이 없기에 하고
삶이 없기에 살고
죽음이 없기에 죽고
가고 옴이 없기에 가고 온다.

부처가 아니기에 부처이며
보살이 아니기에 보살이며
중생이 아니기에 중생인 것이다.

따라서 그대가 어디에서 무엇을 가지고 무엇을 하든
항상 그 자리에서 깨어 있으며
환의 놀이에 빠져들지 말고 함이 없이 하라.
여여하라[8]. 항상 돌이켜보라!

One's Beloved You! 06

죽는 것은 없다, 죽는다는 생각이 있을 뿐 슬픈 일은 없다, 슬프다는 생각이 있을 뿐

옷을 갈아입든 자동차를 새것으로 바꾸든,
옷이나 자동차는 네가 아니다. 네가 쓰는 도구일 뿐….
생각에 매여 착각하는 탓에
갈아입는 옷이, 바꿀 자동차가 너라고 집착하는 것이야….

누가 죽었고, 그래서 다른 누가 슬프고 하는 것은,
실제로는 사대(四大)[9]가 모였다 흩어지는 인과의 현상,
흘러가는 착각들의 모임인데
괜히 마음으로 그렇다고 하고 슬퍼하는 것이야….
죽는 것은 없어. 죽는다는 생각이 있을 뿐이야.
슬픈 일은 없어. 슬프다는 생각만 있을 뿐이야.

양자물리학의 공의 세계,
그 차원에서는 사람이 죽든 살든 아무 변화가 없지.
세포들의 관점에서 보면 어차피 태어나서 수없이 바뀌었으니,
생사가 이미 되풀이되어왔지.

내가 그렇게 생각하니 죽은 것이고,
내가 그렇게 생각하니 슬픈 것뿐이야
사실은 옷이 바뀌고 자동차가 바뀐, 인과의 흐름,
나라고 할 것 없는 환의 거대한 흐름 속에서
괜스레 좋다 슬프다 헤어진다 만난다 하는 것뿐이야.

그대가 어디에 있든 껍질에 매이지 마라.
그 껍질을 굴리고 쓰는 본체, 본마음에 집중하고 머물러라.
너와 나도 없고, 생사도 없고, 시공간과 집착, 열반도 없는
그 자리에 머물러라.

One's Beloved You! 07

그대, 변하고 덧없는 것으로부터 깨어나라

요즘은 더욱더 모든 것이 허망하다는 생각이 든다.
왜 허망하다는 생각이 들까?
변하고 덧없기 때문이지,
또한 아직은 환의 놀이에 푹 빠져 있기 때문이지.

변하고 덧없다는 것은
뭘 원하고 얻어도 얻은 것이 변하기 때문이요,
그 얻으려는 마음조차 어느새 변해버리기도 하고
또 아무리 얻으려 해도 얻을 수 없기도 하기 때문이지.

얻음이란 모두가 부질없어서
뭘 얻어도 곧 변하고 가버린다.
그리고는 또 새로 뭘 얻으려 하고,
또 변하고, 사라지고
다람쥐 쳇바퀴, 허망한 쳇바퀴, 우리의 인생이 그렇다.

구하려는 모든 것은 다 헛것이다, 추구할 가치가 없다.
돈이든 권력이든 명예든 구하는 걸 이미 얻은 사람을 보라.
그래서 그 생활이 진정 즐거운가?
오히려 얻은 그것의 무게에 짓눌려 있지 않던가?
부, 권세, 건강, 사랑….
이 모든 것이 곧 없어지는 부질없는 놀음놀이이니
지켜보면 헛것인 줄 알게 된다.

그러면서도 환에 빠져 허우적대는 것은,
습성이 남아 있고, 희로애락의 재미를 구하기 때문이기도 하지.
돌아보라!
깨어나라!

실체가 없으니 가짜이다.
모든 게 착각이다.
착각이란 생각, 그것마저도 없는 것이다.
누가 그대를 구속하느냐?
허공으로서의 그대, 진짜 그대를.

그대여 환의 놀이에서 벗어나 깨어 있으라!
허망한 놀음놀이에서 벗어나 진정 깨어 있는 그대가 되어라.

One's Beloved You! 08

모든 모습이 망상이요 환인 이유를 알고 벗어나게!

우리를 외부의 상에 집착하게 만드는, 몸뚱이와 세상, 세상일이 모두 망상이요 환인 이유 열 가지를 얘기할 테니 잘 들어보시게. 환에 상에 집착하지 말고 본래 자신의 자리에 깨어 있어야 하니까.

첫째, 우리의 감각 기관이 상(相, 모양)을 만들어낸다

우리의 눈 귀 코가 뇌와 함께 지금 보이는 이 세상을 만든다.

감각 기관이 없었다면 우리에게 이 세상은 없다.

따라서 우리는 감각 기관의 성능만큼 이 세상을 나름대로 만들어내고 있지. 우리의 눈이 엑스레이나 독수리의 눈이라면 이 세상은 이렇게 보이지 않을 것이고, 양자현미경의 눈을 가졌다면 세상은 모두 공으로 암흑으로 보이겠지.

하루살이나 개미의 감각 기관이었다면 또 다른 세상이 펼쳐질 테고…. 사람의 귀 눈 코가 받아들이는 만큼 왜곡하며 나름의 세상을 만든다. 가짜인 세상을 만든다. 이 세상은 우리가 만들어낸 것이고, 꼭 진짜는 아니라는 거지.

둘째, 우리는 상을 정확히 못 본다

과학적으로, 주변으로부터 받아들여지는 초당 4000억 비트의 정보 중 뇌가 처리하는 것은 2000비트에 불과하다고 하지.

아무런 선입견이 없는 카메라 렌즈에 비친 전체 중, 우리의 뇌가 극히 일부분의 정보만 해석하니 전체를 제대로 알고 소화하지 못하고, 그래서 우리가 보는 세상은 만들어지고 제한된 왜곡된 것이야. 우리가 자주 다니는 길거리에 어느 날 문득 아~ 이게 있었구나 문득 재발견하는 것에서 경험하기도 하지.

셋째, 그 상이 항상 변한다

그 상이 그대로 있는 것처럼 보여도 일 초도 가만있지 않고 변한다. 추구해봤자 얻어봤자 그새 또 바뀌어버리는 걸 뭘 잡고 뭘 얻고 뭘 바라지?

성주괴공, 생주이멸, 회자정리[10], 새옹지마[11] 이런 얘기가 많지.

넷째, 각각의 상은 우주의 일부로 경계가 없다

상의 경계[12]와 독립성이 없다. 똥이 거름이 되어 쌀이 되고, 사람 몸이 거름이 되어 나무가 되지. 나의 몸의 원자가 옆 사람 몸의 원자로 교류하고, 몇 년 전 중국인의 호흡이 오늘 나의 호흡으로 오잖아. 전 우주가 하나로 연결되어 서로 소통하며, 따로 떨어진게 아니지.

다섯째, 마음의 망념(妄念)이 또 왜곡한다

자신의 습성이나 과거 경험이 상을 이렇게도 보게 하고 저렇게도 보게 한다. 같은 사물이나 사건도 사람의 습성에 따라 그날의 마음상태에 따라 이렇게도 저렇게도 보이지.

스포츠를 좋아하는 사람과 음악을 좋아하는 사람에겐 각각 세상이 다르게 보이고, 욕심으로 가득한 사람과 봉사와 헌신으로 가득한 사람은 각각 다른 세상이 보이지.

같은 사람이라도 오늘 내일 세상이 다르게 보이지. 애인과 첫 만남의 날과 헤어진 날이 다른 것처럼, 어느 날은 더 슬프고 어느 날은 더 기쁘고.

여섯째, 상의 앞날을 예측 못 한다

내일 일을 우리가 알 수가 있는가? 이 일이 어떻게 변할지?

슬펐던 일이 오히려 복이 되고 기쁨이 되고, 부자가 된 게 오히려 화근이 되고 복권이 사람을 망치며, 오늘의 이런 일이 내일의 저런 일로 연결되어 새로운 세상을 겉마음을 만들어내지.

한순간의 세상, 현재 잠깐의 세상일 뿐이야. 영원하지 않아. 이 모두가 지나갈 것이다.

일곱째, 어차피 마음대로 안 된다

전 우주의 인과[13]로 아득한 이전부터 쌓이면서 생성되고 주어지는 그 도도한 인과의 흐름, 어마어마한 인연의 흐름을, 어떻게 지금의 마음으로, 한 번의 바람으로 바꿀 수 있겠는가?
세상에서 겪게 되는 모든 것은 무수한 과거의 결과로 이미 정해져 있는 발현업[14]이라고도 하지.
허망한 바람, 인연의 흘러감, 허망할 뿐.

여덟째, 상을 해석하는 그 마음도 찰나 찰나 바뀌며 다른 덧칠을 한다

어릴 적 세상과 커서 보는 세상은 같은 대상이라도 다르지.
이것이 오늘은 좋았다가 얼마 못 가 싫증이 나지,
그토록 원했던 것인데도.
5억만 있으면 참 행복하겠다 했다가 어느새 10억으로,
이 시험에 합격했으면 하지만 그 일이 고통과 후회가 되고,
이 여자와 한평생 같이 산다면 했다가 원수가 되기도 하지.
귀찮았던 것이 그리워지고, 고통의 그날이 추억이 되고….

아홉째, 겉마음의 망상과 상(相)이 짝이다

이렇게 상도 변하고 마음도 변하면서
헛된 상과 헛된 망상이 서로 부추기며 상승작용한다.
헛것이 헛것을 더 부추긴다.
더 허망하고 더 순간적이고
뭘 붙잡고 추구할 바가 못 되는 것이지.

열째, 상의 근원은 공이다

상이나 마음은 그 자체가 바로 공이다
그 자리가 만드는 상,
그 자리와 하나인 상,
상이 아닌 상,
그냥 거울에 비친 상,

그렇고 그러하니 변하는 상에 휘둘리지 말고,
헛된 욕망을 추구하지 말고,
여여하라!

비추면서 적적하고 적적하면서 비추는 그 자리
공적영지의 자리에서
함이 없이 하고,
감이 없이 가고,
그러지 않으면서 그러한
너의 본래 자리에서 여여하라.

One's Beloved You! 09

그대여 얼마나 가소로운가? 누구도 앞날을 모르는 변화무쌍한 환의 세상이…

그러니 웃기지.

헛것을 가지고

끊임없이 순간순간 바뀌는 상(相)을 가지고

어차피 인과로 다가오는 상을 가지고

매일 바뀌는 마음으로

다음 날 어떻게 될 것인지도 모르면서

계속 바뀌고 달라지는 잣대와

돌아서면 바뀌는 바람을 가지고

우리가 사는 세상에서 안달하고 아옹다옹하지.

돌아보라 지난 세월을.

어떤 것이 얼마나 주어지고,

또 그 때문에 울고 웃고 또 가소롭던가?

이리저리 울고 웃고,

그러면서도 그것이 영원할 것이라 생각하지.

미래에 무엇이 어떻게, 어떤 생각으로 다가올지

누구도 모르는 변화무쌍한 환의 세상을.

지금 우리에게 주어진 이 인연으로 인해 그대는 더 좋은 곳으로 가게 되며 몸을 벗어나는 공부가 되는 것이고, 자식들은 더 강한 결심으로 의지로 더 좋은 경험과 또 다른 인연의 생활을 해나갈 것이고, 나도 덕분에 더욱 실감 나는 공부가 깊어지고 생활 속의 수행을 하게 되고….

그대와 내가 하나인 그 자리에서, 지금 여기서 환을 만들고 환을 받으며 같이 세상을 굴리고, 집착 없이 가볍게 가볍게 가자꾸나….

One's Beloved You! 10

모습 이전의 그놈이, 함이 없는 함으로 환을 만들고 굴린다

우리가 과학적으로도 잘 알듯이
이 몸뚱이의 세포는 계속 변하지.
어릴 적 몸이 지금 나의 몸과 다르지.
나는 그대로인데….
그러니 몸뚱이는 내가 아니라, 내가 쓰는 도구이지.

도구를 쓰는 그놈은
지금 손을 움직이고 보고 듣는 그놈이지.
그게 진짜 나지.
당연히 그놈의 세상은 몸뚱이 이전의 세상을 갖고 있겠지.

우리가 몸뚱이의 감각 기관을 통해 시간과 공간을,
사물과 세상을 만들어내지.
산과 바다와 강을 자동차를 옷을 몸뚱이들을,
지금 겪는 모든 세상을 만들지.
그러면 그 몸뚱이 이전의 진짜 나의 세상은

감각 기관이 없는 그 이전이니,

시간과 공간이 없고,

시간과 공간이 없으니 태어나고 죽는 것이 없고,

너와 내가 하나이고, 실상[15]은 하나라 할 것도 없지.

진짜 나의 불생불멸의 세상이지.

공적영지하지, 텅 비었으나 모든 것을 아는, 그리고 만드는….

그 생사 없는 자리가 멀리 따로 있는 게 아니야.

지금 바로 여기서 생생하게 이 몸을 굴리고 있는 이놈이지.

그놈이 함이 없는 함으로 환을 만들지.

그놈은 아니면서 그러한 환을 굴리지.

그대여

통쾌하지?

든든하지?

One's Beloved You! **11**

근원과 그 근원에서 나온 것이 그대로 하나이다

'본래의 허공과 같은 공적영지의 그놈이 환(幻)을 만들고 보는구나.'

그렇게 보라.

모습 있는 모든 것은 그냥 환이야.

생각과 느낌도 모습이니 역시 환이고.

일거수일투족,

생각마다,

행주좌와하는 모든 시간,

생활 속의 행불행 모두가….

그놈 – 환

바탕 – 허상

텅 빔 – 모든 것을 받음

알 수 있음 – 모든 것을 앎

시공 없는 것 – 시공

모습 없는 것 – 모습

생사 없는 것 – 생사

모두 하나임 – 개개임
함이 없음 – 함

이 모든 대립처럼 보이는 것이
근원과 거기서 나온 것이니,
공존하며 그대로 하나.

공적영지의 자리에서
함이 없이 하라!

너와 나, 오고감이 어디 있는가?
본래의 자리든 환의 자리든
그대와 나는 하나일세.
떠남 없이 떠남이요,
그대로 한몸으로 영원함세….

One's Beloved You! **12**

본래 자리에서나, 환의 자리에서나 그대와 나는 하나일 뿐

내게 새삼 실감나게 해주었듯이
바로 이 눈으로 보고, 이 발을 움직여 오고, 이 귀로 듣는 이 자리가
그대와 내가 바로 하나, 영원히 하나인 자리이니….

또한 환의 흔적
자녀들, 내게 남겨준 습성, 물질적인 것들이
지금도 그대로 이어져가지.

본래의 자리든
환의 자리든
그대와 나는 하나일세.
떠남 없이 떠남이요
그대로 한 몸으로 영원함세….

One's Beloved You! 13

너와 나,
오고 감이 어디 있는가?

"그대와 같이 있으면 얼마나 좋을까?"

안타깝고 아프다.

하지만

당신의 몸이 온 허공, 우주와 같고

생각이 허공의 한 물방울 같은데

허공 속의 보이지도 않을, 조그만 이 몸뚱이의 인연을

수억 겁의 세월에서 한순간의 인연을

오고 가는 수억의 생각 중 한 생각을

그렇게 보이지도 않을, 한 티끌보다 적은 걸 붙잡고

이렇다 저렇다 계속 슬퍼하는 게 가당키나 하냐?

또한 그 집착에는 여러 가지 오류가 있다.

첫째, 너와 나가 따로 있다는 착각이다.

본래 하나이고 지금도 하나이다.

둘째, 그대와 헤어짐은 그대에 대한 애틋함이다.

온 우주의 중생이 나요 형제인데

왜 그대 모습 하나만 분별해서 그럴까?
셋째, 잠시 지나가는 인연놀이에 집착하고 있다.
시작이 없고 끝도 없는 무한 장대한 인연놀이에서 보면,
아주 찰나일 뿐인 허공의 먼지 같은 인연에
계속 집착하는 것이 옳을까?
넷째, '어떻게 했으면 좋겠다' 고 하는 것은 굳이 그 행위나
순간만을 분리해서 좋다 싫다 분별하는 착각이다.
새옹지마처럼 지금 원하는 대로 된다고
나중에도 꼭 좋을지를 어떻게 알 수 있나?

법신[16]이 온 천지에 두루하니 오고 감이 없다고 한다.
아니, 법신이 시간과 공간을 만들어낸다.
공적영지하여 진공묘유[17]이다.
그대여,
공적영지 그 자리에 깨어 있어라!

One's Beloved You! 14

붙잡을 수 없었던 그대여, 그대와 나는 영원 속에 언제나 함께 있다

붙잡을 수 없었던 그대!

왜?
영원하지 않기 때문에….
항상하지 않은 때문에….
진짜 불변이 아니기 때문에….

모습은 모든 모습은,
변하게 되어 있고, 왔다 가게 되어 있다.

그런데 왜 잡지 못해, 안타까워하며
영원하길 바라는가?
진짜가 아니면 변하는 환이고,
어차피 변하는 환을,
즐기고 기꺼이 받아야 하고
그리고 보내야 하지.

영원이든 변하든
둘 중 하나이니까.
진짜가 아니니, 당연히 변하지.
그게 영원이고 진짜냐?
모습이며 생각은 진짜가 아니니,
당연히 변하지.
당연히….

변화를, 생멸을 받아들여라.

허명자조[18].
함이 없이 하고,
아니면서 그러하라.
즐겨라 즐김이 없이!

변화 속에 영원 있고,
영원 속에 변화 있다.
그냥 하나, 그리고 조화.

영원 속에
그대와 나는 항상
지금도 함께 있다.

One's Beloved You! 15

사나 죽으나 똑같은 모습놀이…

산소를 갔다가 돌아오는 길에 21세기 한의원이라는 간판을 보았다 죽은 사람은 잠깐 쉬다가 다른 세상에서 다시 살아갈 것이고, 산 사람은 이 세상에서 이렇게 사는구나! 어디든 그 자리에서 만드는 모습놀이, 견문각지[19] 희로애락은 같을 터….

죽어서 어디로 가든 몸뚱이를 바꾸면서 새로운 감각 기관으로
시간과 공간을 만들고 생주이멸하며 희로애락을 겪는다.
하지만 그 바탕은 여여하며 공적영지 허명자조이다.

가만 보면 지금 이 생의 이 순간에도 수시로 세포가 바뀌고 기관이 노후화되면서, 어린애가 늙은이로 몸뚱이가 계속 변해가면서 변화무쌍한 마음놀이와 생각, 환경을 겪고 있다.
그냥 이 몸으로 외국을 여행하며 전혀 몰랐던 지역에 가서 며칠을 보내거나, 이사를 가거나, 새 직장으로 출근하여 전혀 새로운 사람이나 환경을 익혀가는 것이나, 그냥 이 몸을 가지고 새롭게 견문각지하는 거나, 새 몸을 받아 하는 거나 꼭 같다.

죽은 후나 지금 이 생에서나 이런저런 놀음놀이를 하는 것은 같다.
정말 똑같다.
새 옷을 사서 옷을 갈아입거나, 자동차를 바꾸면 새 자동차로 놀음놀이를 하는 것과 마찬가지이다.

하지만 그 자리 참나는 모든 것의 바탕으로 그대로 여여하다.
모든 것을 만들었다 지웠다 하면서, 하되 함이 없고 아니되 그러한 놀음을 굴린다.

그러고 보면 사나 죽으나 매한가지다.
죽음이 죽음이 아닌, 생사 없는 그 자리에서 이런저런 생각과 모습놀이를 굴리며, 그러면서도 여여하며 모든 것을 아우르니까.

죽은 자와 산 자가 하나이며, 삶과 죽음이 하나이며, 모든 경계와 모든 생각이 하나이며, 그 하나조차 아닌….

그렇고 그러하니 이 몸뚱이 바꾸는 것도 아무 문제 없다.
여러 변화 중 하나요,
공적영지 자리에서 인연 따라 하는 놀음놀이니….

One's Beloved You! 16

들어보오, 생과 사가 생과 사가 아닌 7가지 이유를

사는 게 사는 게 아니고, 죽는 게 죽는 게 아니다.
과학적으로 논리적으로 생각해보면 정말 그렇다.

첫째, 진짜 나에게는 살고 죽는 게 없다. 시간이 없으니 언제 산다 죽는다가 없고, 공간이 없으니 어떤 형체가 사그라지는 게 없다. 부리고 있는 몸뚱이가 한꺼번에 사그라지면 죽는다고 하는 거지, 진짜 나는 죽는 게 아니다.

둘째, 그래도 이 몸뚱이가 죽는다고 하는데…. 사실로 보면 끊임없이 몸뚱이가 조금씩 바뀌고 있다. 어릴 적 몸뚱이가 없어지고 지금은 성인의 몸뚱이, 2년이면 구성 세포가 거의 다 바뀌는 몸뚱이, 모두가 세포들의 끊임없는 생성과 변화를 보여준다. 이처럼 우리 몸뚱이의 일부분인 세포들의 죽음은 항상 있어왔고 따라서 우리는 매일 매 순간 조금씩 죽고 있는 것이다. 하지만 우리는 한꺼번에 세포가 가는 것, 바뀌는 것만을 습관적으로 죽음이라 한다. 죽음이 매일 일어나는 현상인데도 한꺼번에 가는 것을 굳이 죽음이라 말할 뿐이다.

셋째, 설령 죽는다 하더라도 다시 또 새 몸으로 또 다른 견문각지를 할 뿐이다. 옷을 갈아입는 것일 뿐 나에게 죽음은 없다.
지금도 매 순간 바뀌고 있는 이 몸으로 시시각각 새로운 견문각지를 하고 있다. 계속해서 끊임없이 조금씩 옷을 갈아입든, 한꺼번에 바꿔 입든, 어느 쪽이나 옷을 갈아입는 것일 뿐 나에게 죽음은 없다.

넷째, 따라서 뺑뺑 돌고 도는 이어지는 순환에서 굳이 한 순간을 붙잡고 생이다 사다 명자놀이, 분별놀이를 하는 것일 뿐이다.
태어났기 때문에 죽는 것이고, 죽기 때문에 다시 태어나는 것이다. 태어나면서부터 죽음의 원인을 가져오고 죽음의 과정을 지니고 있는 것이니, 정말로 순환이다. 따지고 보면 태어나면 슬퍼해야 한다. 죽음이 다가오기 때문이다. 죽으면 기뻐해야 한다. 새로운 삶이 다가오기 때문이다. 태어나고 죽고 태어나고 죽고….
마치 봄에 청계산에 피었던 진달래꽃이 졌다가 해마다 다시 봄이 되면 화사하게 피어나는 것과 같다. 사람의 생사도, 없어진다는 뜻으로 굳이 죽음이라 이름 붙이는데 사실은 순환이다.

다섯째, 소위 죽는다는 몸뚱이의 원재료 측면에서 살펴봐도 죽음은 죽음이 아니다. 몸뚱이가 죽어 거름이 되어 다시 벼나 과일을 키우고 다시 몸으로 들어와 새로운 세포 몸뚱어리가 된다. 기본 구성요소인 원자는 사실 수십억 년 전, 별이 생기면서 부터 생겨난 원자가 이리저리 옮겨 다니며 분자가 되고 세포가 되어 물질이나 사람 몸을 만든다. 에너지가 되고 물질이 된다. 결코 없어지는 것이 아니다. 과학이 말하는 질량불변의 법칙….

여섯째, 주어진 감각 기관으로 이렇게 보이기 때문에 감각 기관에서 안 보이면 없어진다고 착각하며 죽음이라 한다. 우리의 눈이 엑스레이였다면 뼈만 보일 테니 사람의 살은 아예 없고, 고운 피부나 예쁜 얼굴이라는 것이 성립이 안 된다. 또 우리의 눈이 양자세계를 본다면 그냥 온통 우주는 그냥 텅 빈 공간이요 이런 모습과 아옹다옹 살고 죽는 모습은 보이지 않을 것이다. 또 우리 감각기관이 시간망원경이라 수억 년을 한 번에 본다면, 별의 태어남을 볼 것이요, 순간적인 짧은 생사는 아예 보이지도 않고, 그런 생사가 있다고 생각하지도 않을 것이다. 몸뚱이라는 경계를 가지고 죽네 사네 하는데 다른 감각 기관으로 본다면 몸뚱이가 따로 없고 그냥 전체로 온 우주가 하나이다. 온 우주가 하나인데 굳이 몸뚱이만 가지고 죽니 사니 한다. 그냥 태평양 물이요 순환인데 굳이 내 집 앞 저수지의 물이 줄었네, 파도가 없어졌네 하며 죽음이라 하고 삶이라 한다.

일곱째, 죽음은 몸뚱이만이 아닌 자기의 것이 없어진다는 것을 포함한다. 나의 가족이든 나의 소유물이든 나의 정신적 재산인 지식이든 추억이든.
하지만 진짜 나의 입장에서는, 모두가 나요 모두가 나의 것이다. 오른손의 것을 왼손으로 옮겨도 여전히 내 것인 것처럼, 이 몸뚱이가 가진 가족이나 재산이나 정신적 지식이나 추억이 없어지는 것처럼 보여도, 너와 나 다른 사람 모두 하나이니, 그냥 그대로 모두 계속 나의 것이다. 나의 것이 없어지는 것이 아니다.

이렇게 따져본다면, 삶은 삶이 아니요 죽음은 죽음이 아니다. 그냥 관습적 생각일 뿐, 착각이요 환상이다.
삶과 죽음에 아옹다옹하지 말고 그냥 본래의 자리에 여여한 자리에 진짜 나에 머물며 깨어 있어라. 그러면서 몸뚱이를 잘 굴리고 모습을 잘 굴려라.
집착 없이, 머물지 말고 하라.
함이 없이 하라 오늘도….

One's Beloved You! 17

이사를 하듯, 새 출발을 하듯…

우리가 오래 사는 것이 꼭 좋은 일일까?
오래 살기를 바라는 것이 옳은 일일까?

부산에서 같이 살던 친구가 서울로 이사를 간단다.
일단은 아쉽고, 그래서 이사를 가지 않았으면 한다.
그런데 그 친구는 서울로 가서 새 환경에서 살 것이다.
서울이 부산보다 살기가 좋다면 이사 가는 걸 축하해야 하는 것 아닌가?
그동안 부산에서 같이 살며 고마웠다며, 이삿짐 모으고 챙기느라 수고했다며, 가서 잘 살라고 하는 게 가지 말라고 붙잡는 것보다 낫고 당연한 것 아닌가?
죽음은 이사 가는 것과 꼭 같다.
이 몸뚱이를 가지고 살다 다른 몸으로 바꾸는 것이 새로운 환경에서 다시 태어나는 것이고, 자기 이삿짐, 살면서 모은 업과 인연이 다음 생에서의 살림이 되는 것이며, 부산서 살던 습성에 따라 거기에 맞는 살림살이를 서울서 찾아 하게 될 것이다.

이 몸뚱이를 부리며 사는 놈이나 이사 가서 다른 몸뚱이 부리며 사는 놈이나 같은 놈, 그놈이 그놈이다.

더 좋은 환경에서 더 나은 살림살이를 하러 이사를 간다면, 축하하고 기뻐해야 할 것이다.
경에 따르면, 부처님께서 살펴보니 부처님의 어머니도 자기를 낳은 지 칠 일 만에 돌아가시어 신의 세상에서 신들과 같이 사신다고 한다.

죽음은 이사 가는 것.
울고불고할 일이 아니다.
새로운 출발을 축하해야 하는 것이다.

그렇게 보면 당신은 스카우트된 것 같다.
당신은 현명함과 부지런함과 열정으로, 사람들이 입을 모아 칭송할 일들을 참 많이 잘 해왔지.
자식들 다 공부 잘 시키고 반듯이 키우고, 남편 일도 공부도 도와주고 편하게 해주고, 일용할 양식 재산도 못지않게 잘 모으고, 친구나 주변 사람들 고민들을 그렇게 잘 챙겨주고, 마지막에는 화해할 사람은 다 화해하고, 일하는 아줌마 입에까지 자꾸 음식을 넣어주며 많이 먹으라며 자상하고….
그러면서 세상 이치의 핵심을 수용하고 꿰뚫고 있는, 이렇게 능력이 출중한 사람이니 빨리 스카우트해 갔구나.
마이너리그 선수로 같이 있다가, 메이저리그로 스카우트되어 갔으면 슬프지만, 보고 싶겠지만 축하해야지.
지금쯤은 새로운 환경에서 다른 몸뚱이를 굴리면서 실력을 더 잘 발휘하고 즐겁고 행복하겠지….
그래 축하한다!
정말 축하한다. 잘해라~.

우리는 운전수.
자동차가 고장 나거나 낡으면
새 자동차로 바꾸고.

새 자동차를 몰고
훨훨~.

One's Beloved You! **18**

영원 속에서 항상 새롭게…

마음을 달래려 여행을 하던 중
백두산 천지가 웅장한 모습으로 눈앞에 열리던 순간….
"내가 만들어놓고
내가 감탄하는구나!"

비룡폭포에서
폭포는 그대로인데
물줄기는 계속 다른 물
각양각색으로 나뉘며 떨어지는구나.
그대와 내가 하나로 폭포처럼 영원히 함께하지만
물줄기가 다르듯이 모습놀이는 달리하는구나.
영원 속에서 항상 새롭게
하나이지만 다르게….
우리 열심히 살자.

백두산 온천에서

조선족 때밀이 아저씨를 돕고 싶어서 서비스를 받는 동안,

어색함에 이런저런 생각을 하게 된다.

영결식 준비에서 그대의 몸도 이렇게 씻어주었겠지.

몸을 떠난 후이니 감각은 없었겠지.

그때 그대에게 어떤 생각이 들었을까?

만약 나도 이 몸을 떠난다면….

몸뚱이가 진짜 나가 아니니 죽어 몸 닦는 것 상관할 것 없다.

새로운 모습으로 놀이를 할 테니 몸뚱이의 죽음은 두렵지 않다.

하지만

몸이 없어져도 남는 잡생각, 집착, 망상,

이게 문제가 되겠구나.

생각을 줄이고, 욕심을 줄이는 생활을 해야겠다.

단순하게 살아야겠다.

모습을 바꾸어 어떤 생활을 하게 되더라도,

우리 그렇게 망심을 줄이며

이런저런 모습놀이를 잘 해보자!

One's Beloved You! 19

마주 보며 함께하던 그대 먼저 떠났지만…

커다란 고목나무가 있다
수많은 가지, 그중 하나에
두 나뭇잎이 서로 마주 보며 피어 있다.

어느 날
바람에 한 잎이 떨어졌다.
남은 한 잎은
그리움에 사무친다.

그 나뭇잎은 떨어져
거름이 되어 다시 고목나무의 일부가 되었을 것이다
아직 남아 있는 나뭇잎과 떨어진 나뭇잎은 고목나무로서 하나가 되었을 것이다.
다시 하나가 되었을 것이다.

몸뚱이의 모습놀이라니….

인연이라니….

그리움이라니….

시공이 없는 곳에서 시공을 만들고,

환상이 없는 곳에서 몸뚱이를 만들어 모습놀이를 하며.

감정이 없는 곳에서 그리움이 생긴다.

그 자리는

몸뚱이를 굴리되 몸뚱이가 아니다.

그 자리에선

그리워하되 그립지 않다.

그 자리에선

그러하되 그렇지 않으며,

하되 함이 없다.

One's Beloved You! 20

이제 그대의 이야기를 들려주오

그대여, 지금까지 내 얘기를 들었다면,

몸을 벗어 자유로운 상태에서
휠씬 더 실감 나게 이해를 하며
'그렇고말고~'
라고 고개를 끄덕인다면….

이제 그대의 얘기를
나에게 해주지 않겠나요?

그대, 사랑하는 그대….

영원히 나와 하나였고
나와 하나이고, 나와 하나일

사랑하는 그대!

그대, 사랑하는 그대….

영원히 나와 하나였고,
나와 하나이고,
나와 하나일

사랑하는 그대!

PART II
마음공부

| 2부를 시작하면서 |

영원한 자유와 행복, 참나를 찾아 길을 가는 그대에게

우리는 세상에 태어나면서부터 몸을 가지고 산다. 아니 사실은 몸이 태어난 듯 보일 뿐이고, 태어났다고 생각할 뿐이며, '나'라는 건 생각의 다발일 뿐이다. 어쨌든 생겨난 이 몸을 보존하고 편하게 유지하려다 보니 더 많은 재물을 탐하게 된다. 나라는 주체를 세우고 보니, 나를 내세우고 싶은 마음에 명예나 권력을 좇기도 한다. 이렇게 해서 우리는 재물과 명예, 권력을 향한 달리기에 몰두하게 된다. 더 가지고, 더 편하고, 더 과시하려는 욕망과, 그 욕망을 채우는 과정에 필연적으로 따라오는 갈등의 소용돌이 속에서 앞만 보고 달리기를 계속한다. 원하던 만큼 혹은 그 이상 남보다 빨리 달리면 잠시 즐겁다. 하지만 곧이어 더 빨리 더 멀리 달리려는 목표를 세우게 되고, 또 다른 달리기에 뛰어든다. 끝이 없다. 평안은 정말 드물고 귀하다. 또한 이러한 달리기에 성공한 듯 보이더라도 곧 늙음과 죽음이 다가온다. 뜻대로 성공한 인생이었고 보람찬 인생이었다 해도 죽음 앞에서는 그저 허무할 뿐이다. 이렇게 늙고 죽으려고 그렇게 죽자 사자 달려왔던가? 인생은 무엇인가? 삶은 왜 이리도 힘들고 허무한가? 그리고 이대로 죽으면 어떻게 되는 걸까?

근원을 알면 편해진다. 금반지, 금팔찌, 금수저 등 금으로 만든 여러 종류의 물건을 잘 알려면 금 자체의 성질부터 알아야 한다. 물, 얼음, 수증기를 제대로 알려면 물 자체의 속성을 간파해야 한다. 즐겁고, 괴롭고, 기쁘고, 슬프고, 편안하고… 변화무쌍한 감정을 잘 다스리려면 그 근원의 마음을 알아야 한다. 태어나고 죽는 일에서 벗어나고 싶으면, 탄생과 죽음의 이전 혹은 그 바탕을 아는 것이 좋다. 참나가 누구인지 마음이 무엇인지 나의 근본이 무엇인지를 제대로 알아야 한다.

참나를 찾아가는 이 여행에 여러분을 초대한다.
현대과학과 기술의 발달로 인해 이제는, 과거 선인들이 탐구해 왔던 참나를 발견하는 일에 보다 쉽게 접근할 수 있게 되었다. 몸의 세포, 원자나 미립자, 공간과 반공간에 대한 발견과 축적된 지식은 우리에게 놀라움과 기쁨을 준다. 나의 몸뚱어리는 일초도 쉬지 않고 계속 변하는 세포 덩어리라는 것, 내 몸의 세포를 구성하는 성분은 끊임없이 온 우주에서 시공간을 거쳐 날아온 미립자 재료들이라는 것, 어디까지가 내 몸이고 어디서부터가 내 몸이 아닌지를 구분하려 해도 구분이 불가능하다는 등의 과학적 발견은 지금까지 나의 몸뚱어리를 기준으로 만들어진 세상과 나에 대한 욕망과 갈애와 집착을 벗어나게 할 계기를 주고, 참나를 발견하는 길에 든든한 지원군 역할을 할 수 있다.

계속해서 변하는 몸뚱이는 내가 입는 옷이요 내가 몰고 다니는 자동차와도 같다. 낡으면 고쳐서 쓰고, 심하게 낡거나 고장나면 새 것으로 바꿔 입고, 바꿔 타면 된다. 그런데도 이 몸뚱이가 나의 전부라는 착각에서 나와 남이 생기고, 내 것이 생기고, 욕망과 습성이 생기고, 생사와 고통이 생겨난다. 변하는 것은 가짜이고 변하는 것은 참나가 아니다. 잡는 순간 이미 변해버리기 때문이니, 영원하기를 바랄 수도 없고 의지할 바도 아니다. 하지만 참나를 알고 나면 그런 변화는 나의 놀음놀이가 되고 묘한 씀이(用)가 된다. 참나를 모르면 그 변하는 것에 집착하게 되어 헛것에 울고 웃고 인생이 고통으로 점철된다. 가짜를 하나하나 없애 보자. 가짜인 것을 다 들어내고 나면 더 이상 없앨 수 없는 진짜가 남지 않겠는가?
그러니 참나가 아닌 것을 차례로 없애보자.

우선 나의 몸은 내가 아니다.
세포들이 나고 죽고 하면서 어릴 적부터 지금까지 몸뚱이는 끊임없이 그리고 끝없이 변해왔다. 또한 팔다리나 장기 이식 수술을 통해 세포 덩어리를 뭉치로 바꿔치기도 한다. 변하는 것은 가짜다. 믿고 추구하거나 의지할 것이 못된다. 또한 몸뚱이는 내 감각기관의 구조와 성능 한계 때문에 이렇게 보이는 것이다. 나의 눈이 엑스레이거나 고배율 현미경의 성능을 갖고 있다면 나의 몸은 지금 보는 것과는 전혀 다르게 보일 것이다.

그리고 이 몸뚱이는 끊임없이 우주와 교류하고 소통한다. 공기와 물, 음식이 들고 나며 한시도 쉬지 않고 몸의 구성 성분이 바뀐다. 호흡을 통해 어제 어떤 중국 사람이 배출한 공기 중의 원자를 내 몸이 받아들이고, 다시 내보내는 식이다. 우리 눈에 보이는 이 몸뚱이는 내가 입는 옷과 같다. 내가 쓰는 도구이며 세상을 굴리는 도구다.

몸뚱이가 참나가 아니면 무엇이 참나인가? 마음이 나일 수도 있겠다. 정말 그럴까?

결론부터 말하자면, 나의 마음은 내가 아니다.

마음은 수시로 변한다. 마음은 감각기관이 세상과 접촉하며 생겨난 경험, 생각, 느낌, 기억, 지식, 습관의 모음이다. 한마디로 마음은 생각의 다발이다. 좋아하고 싫어하고, 기뻐하고 슬퍼하고, 원하고 좌절하는 이 마음은, 육신을 나로 알고 육신과 함께 세상을 살아온 결과로 남은 찌꺼기라 할 수도 있다. 마음은 시시각각 변하고 마음에 쌓인 것도 변한다. 가짜를 바탕으로 생겨나, 쉼 없이 변하는 마음은 진짜일 수 없다. 참나가 아니다.

이 세상은 가짜다. 환(幻)이다.

양자물리학에서 밝혀낸 것을 보더라도 텅 비어 있는 곳에서 사람의 생각이 물질을 만들고 세상을 만든다. 눈앞의 세상은 내가 만들어낸 허상이다. 장님이나 귀머거리의 세상은 우리가 보는 이 세상과 다르다. 각자 나름의 감각기관의 구조와 성능 한계에 따라 세상이 이렇게 보일 뿐인 것이다. 변하는 몸뚱이에 속한 감각기관으로 받아들인 자극으로 형체를 만들고, 거기에 가짜인 마음이 덧칠을 하면서 나의 지금 이 세상이 만들어진다. 그러므로 세상은 내가 만든 것이고, 게다가 쉼 없이 변하니 진짜일 수 없다. 세상은 가짜다.

몸과 마음과 세상, 그토록 애지중지해 왔던 것들이 모두 가짜임을 새삼 깨닫고 나면 무엇이 남는가? 가짜들을 버리고 나면 무엇이 남는가? 가짜인 몸을 버리고, 가짜인 마음도 버리고, 가짜인 세상도 버리고 나면?

이 몸뚱이의 이전, 마음의 이전, 참나!

가짜인 몸뚱이의 이전이니 몸뚱이가 만든 시간과 공간이 없고, 형체가 없으니 나고 죽음이 없고, 걷어잡고 분별할 모습이 없으니 너와 내가 없다.

모든 것을 만들어내니 유와 무가 없고, 그냥 그대로일 뿐이니 함과 아니함이 없다.

무한의 자리, 지금 이 몸뚱이를 굴리고 있는 자리, 모든 것의 근원

과 생각과 우주에 벌어진 듯 보이는 삼라만상이 모두 그냥 하나인
그 자리!
지금 바로 여기다.
그 놈이 지금 이 몸을 굴린다. 세상을 굴린다.
내가 무한의 가능성, 온 우주다.

얼마나 가소로운가!
눈앞의 사소한 것을 갖고 울고불고 아옹다옹하는 인생들이.
얼마나 호호탕탕한가!
모든 것이 하나요, 그 하나에서 모든 것을 굴리는,
행불행도 없고, 하되 함이 없는, 일 없이 여여한 인생은.

가슴이 벅차다.
지금 바로 여기가 무상정각 자리다.
그 속에서 먹고 자고 일하고 논다.
어디로 갈 데도 없다.
바로 지금 여기다.

CHAPTER 1

우리가 사는 세상은 보이는 대로의 세상이 아니다

우리가 사는 세상은 보이는 대로의 세상이 아니다 **01**

손을 자세히 들여다보자

우리가 어떤 것을 현실로 받아들이는 근거는 무엇인가? 그것을 보고 만질 수 있기 때문이다. 모든 사람은 시각, 청각, 촉각, 미각, 후각의 오감이 알려주는 3차원의 인식을 그대로 받아들인다. 하지만 우리의 오감이 보고 하는 삼차원적 신체는 모두 신기루이다.

손바닥을 자세히 들여다보라. 눈에 익은 손금과 잔주름을 살펴보고 부드러운 살을 느껴라. 이것이 오감이 당신에게 보고하는 내용의 손이다. 즉, 그것은 피와 살로 이루어진 물질적 객체이다. 여기서 당신은 고배율 현미경을 통해 손을 보고 있다고 상상하라.

느슨한 세포군…. 점차 배율을 높여가면 수소 산소 탄소 등의 분자, 그리고 원자들을 볼 수 있다. 양성자와 중성자로 이루어진 원자핵 주위를 전자가 춤을 추며 돌아가고 있다. 원자를 구성하는 소립자들은 전혀 고형성이 없고 밤하늘의 폭죽이 남기는 빛의 궤적과 비슷하다. 여기서 당신이 고형물로 생각했던 모든 것들이 단지 에너지의 흔적임을 알게 된다. 하나의 흔적을 보는 순간 그 에

너지는 보거나 만질 수 있는 아무런 실체도 남겨놓지 않고 어느새 다른 곳으로 이동해 있다.

이제 더욱 당신은 양자의 공간 속으로 한층 더 깊이 가라앉는다. 모든 빛은 사라지고 대신 깜깜한 공허의 깊은 나락이 입을 벌리고 있다. 암흑이 사방을 둘러싸고 당신은 물질과 에너지뿐만 아니라 시간과 공간마저 사라져버린 곳에 놓여 있다. 양자 이전의 영역에 다다랐으므로 당신은 어느 곳에든지 있으며, 어디에도 없다.

당신의 손이 더 이상 존재하지 않는가? 아니다. 당신은 조잡한 낮은 차원의 인식 능력을 여전히 사용할 수 있으며 그 인식에 의해 지금 손이 앞에 놓여 있는 것이다. 하지만 당신의 손은 '보이지 않는 지능'에 의해 당신이 지금 놓여 있는 곳과 연결된 채 당신이 지나온 모든 차원, 양자 소립자 원자 분자 세포의 차원 속에 여전히 존재한다.

– 『Ageless Body Timeless Mind』 Deepak Chopra에서 발췌

이처럼 우리의 오감이 보고 하는 삼차원적 신체는 모두 신기루이다. 우리가 가진 감각 기관의 기능과 배율로 인해 이런 모습의 만져지는 몸을 가지고 있는 것으로 착각할 뿐이다. 우리가 보고 느끼는 이 세상은 관찰 도구(엑스레이, 열화상 카메라, 현미경)를 바꾸는 것만으로도 형상의 경계는 사라질 수 있다. 형상의 경계가 관찰 도구에 의존하는 것이다.

우리가 사는 세상은 보이는 대로의 세상이 아니다 **02**

몸(감각 기관)을 떠난 절대적 시공간은 없다

시간에 대해

시침의 움직임을 볼 수 있는가? 또는 1/100초침의 움직임을 볼 수 있는가? 시침은 너무 느려, 1/100초침은 너무 빨라 인간은 볼 수 없다. 인간의 인식 한계다. 꽃의 개화나 나무의 성장, 벌의 날갯짓, 우리 몸을 구성하고 있는 전자, 최고 속도로 달리는 말의 발…. 어떤 것들은 너무 빨라서, 또 어떤 것들은 너무 느리기 때문에 인간의 눈으로는 포착하기 어렵다. 그 변화를 알아내려면 우리의 상상력을 총동원해야 한다.

인간의 촉각은 초당 18번 이상 두드리면 단지 하나의 압박으로만 느껴진다. 눈도 각각의 이미지를 받아들일 수 있는 것은 1초에 18개에서 24개의 이미지가 전부이다. 그것보다 물체가 빠르게 움직이면 이미지는 흐릿해지며, 더 빨라지면 화창한 날 우리 옆으로 질주하는 검고 무거운 물체도 알아보기가 힘들다. 영화는 1초에 24번의 이미지가 눈앞을 지나가 개별적인 사진이 아닌 일정한 움직임으로 보이게 하는 것이다.

맨눈이 아닌, 시간현미경과 시간망원경을 상상해보자.

시간현미경으로 보면, 벌새의 날갯짓, 치타의 뜀박질, 춤추는 벌의 움직임을 볼 수 있다. 전구는 깜박거리는 스트로보 섬광처럼 보인다. 그리고 방 안은 고정되거나 부드럽게 움직이는 사람이나 물체로 보이기보다는, 비틀거리거나 뜀뛰며 움직이는 모양과 형태로 이루어진 것처럼 보인다. 시간현미경을 좀 더 정교하게 맞추면, 사람과 물체는 모두 흩어져 보일지도 모른다. 우리는 중성자와 양자 그리고 전자의 움직임을 느끼는 상태가 될 것이며, 우리 시간의 매초는 수백만 개의 지각할 수 있는 변화로 가득 차게 된다.

양성자를 1밀리미터에 넣어서 정렬시키면 1조 개나 나란히 세울 수 있고 1초에 하나씩 센다면 3만 년이 걸린다. 소립자의 시간 단위는 핵시간으로 소립자 반응에 필요한 시간으로 10의-23승 초이다. 우리의 1초는 소립자의 세계에선 150억 년의 1만 배 이상이나 긴 시간이다.

시간망원경으로 보면, 늘어난 시간을 눈으로 볼 수 있을 때, 삼나무의 성장과 별의 탄생과 소멸을 볼 수 있을 것이며, 인간의 삶이 나방의 하루살이와 비슷해 보일 것이다.

어떤 것이 진짜 시간일까?

다양한 생명체들이 경험하는 대로 시간을 이해하는 유일한 길은 고정된 시간감각을 포기하는 것이다.

예컨대 바닷속 1.6킬로미터 아래 동굴에서 사는, 밤과 낮이 없는 눈먼 물고기의 삶을 상상해보자. 물고기의 시간은 사냥하기, 이동

하기, 보금자리 꾸미기, 짝짓기 의식 따위와 물의 움직임에 따른 변화에 의해 결정된다. 우리의 시간감각에서 중심이 되는 빛은 여기서 어떤 역할도 하지 못한다.

하루밖에 살지 못하는 나방과 백 년을 사는 거북, 몇 달 동안 겨울잠을 자는 동물이나, 제수 왕나비처럼 미국 동부에서 멕시코시티 북쪽의 해발 2천 7백 미터 높이의 산까지 수천 킬로미터를 날아가서 여러 달 동안 먹지도 움직이지도 않고 죽은 듯이 겨울을 보내는 곤충이 느끼는 시간의 흐름을 상상해보자.

로스토크의 동물 연구소에는 18년 동안 굶주린 진드기가 아직 살고 있다. 자그마치 18년을 기다리고 있는 것이다. 진드기의 세계에선 시간은 여러 시간 멈춰 있다기보다는 한 번에 수년 동안 정지해 있는 것이다. 부티르산 징후가 암컷을 깨워 활동하게 하고 나서야 시간은 다시 흐르기 시작한다.

우리에게 감각이 없다면 변화를 경험할 수 없고, 우리 자신도 결코 변화하지 않으며, 이 세상에 시간 개념도 존재하지 않을 것이다.

공간에 대해

모든 동물의 삶에서 중요한 측면은 어떤 방식으로 공간을 경험하느냐이다.

모든 동물의 삶에서 위아래, 오른쪽–왼쪽, 앞뒤가 방향을 측정하는 중심점이 되는 것은 아니다. 대합조개에게는 오른쪽–왼쪽과 앞–뒤는 위–아래만큼 중요하지 않다. 짚신벌레는 앞 · 뒤쪽이 없고 위쪽과 아래쪽도 없는데 오른쪽이나 왼쪽마저 없다. 물속에서 그냥 조류에 따라 이동한다. 그 공간에는 뚜렷한 차원이 없는 것이다. 소금쟁이는 거의 이차원이다. 물 위에서 누가 다가와도 전혀 반응이 없고, 물을 조금 건드리면 곧바로 이리저리 미끄러져 다닌다.

공간에서 인간의 귀, 청각은 다른 동물들에 비해 불완전하게 발달되어 있다. 우리의 귀는 앞쪽에서 나는 소리인지 뒤쪽에서 나는 소리인지 거의 구별하지 못한다. 눈을 감고 친구들에게 소리 내지 말고 앞쪽이나 뒤쪽으로 3미터 정도 움직여보라고 한 후 손뼉을 치면, 그 소리는 여러분의 앞에서 왔는가 뒤에서 왔는가? 하지만 올빼미는 귀로 먹이의 위치를 정확하게 파악해낸다. 소리로 방향을 잡고 의사소통하는 고래와 돌고래는 수백 킬로미터 떨어진 곳으로도 메시지를 전달하고, 광활한 바다에서 상대방을 찾아낼 수 있다.

여러분의 눈은 귀처럼 한계가 있다. 좌우의 한계시야와 거리, 색깔 인식의 한계가 있다. 외부 세계에서 상을 받아들이는 망막세포의 수는 동물마다 다르다. 파리는 우리가 시야 끝으로 볼 때 사물이 흐릿하게 보이는 것처럼 볼 수 있다. 반면 매나 독수리는 아주 정확하게 자신의 세계를 본다. 매나 물수리는 우리에게 8배의 망원경을 통한 것과 같이 본다.

개구리의 눈은 움직이지 않는다. 개구리의 눈은 텅 빈 스크린과 같아서 무언가가 지나가지 않는다면 눈에 의해 기록되는 상이 전혀 없게 된다. 개구리의 눈은 물체가 자기를 향해 움직일 때만 그 물체를 기록한다. 자동문의 경우가 그 응용이다.
파리는 단순히 빛 주위를 도는 게 아니라, 빛으로부터 약 5 센티미터쯤 떨어져 날게 될 때마다 느닷없이 날기를 중단한다. 바로 그 지점에서 파리는 그 빛이 안보이기라도 하듯이 다시 되돌아가서 그 반경 안에 머무는 것이다.

독백 : 바람이 부는군. 냄새가 나네…. 냄새나는 곳으로 가야지. 수나방은 암나방이 발산하는 희미한 냄새를 무려 2.4킬로미터나 떨어진 곳에서도 감지한다.
대화 : "주위에 누가 있나? 근처에 내가 있어. 당신은 누구야?" "당신 종족의 여자. 내가 가는 중이야." 이것은 160킬로미터 떨어져 있는 돌고래 두 마리가 나누는 대화이다.
움벨트(동물이 경험하는 주변의 생물세계)의 중요한 측면은 동물이 자신의 몸을 인식하는 방법, 자신의 위치를 알아내는 방법, 움직이는 방법, 움직이는 범위, 즉 공간이 구성되는 방법이다.

현실적인 공간 물리적인 공간이란 무엇일까? 동물들에 의해 만들어지는 모든 다양한 공간세계와 함께하는 절대적인 공간은 없는 것일까? 답은 '없다' 이다. 물리학에서조차 절대적 공간 같은 것은 없다.

– 『떡갈나무 바라보기』 중에서 발췌

우리에게 감각이 없다면 변화를 경험할 수 없고, 우리 자신도 결코 변화하지 않으며, 이 세상에 공간 개념도 존재하지 않을 것이다.

내가 몸을 두었기 때문에 시간과 공간이 있다.

따라서 이 몸 이전의 참나에게는 당연히 시간과 공간이 없다. 나와 너의 구분이 없고, 탄생과 죽음도 없다. 지극히 당연하다.

우리가 가진 감각 기관의 한계와 기능으로 인해 세상이 이렇게 보인다. 산하 대지, 푸른 구름, 춘하추동, 나의 몸뚱이를 이렇게 보이게 한다. 내가 감각 기관을 사용하여 이런 세상경계를 만든다.

우리가 사는 세상은 보이는 대로의 세상이 아니다 **03**

물질이라고 하는 것은 근본적으로 없다

양자물리학에 따르면,

우주는 대부분 비어 있다.

물질은 견고하지 않다.

그리고 물질이라고 하는 것은 근본적으로 없다.

물질의 근본을 찾아 원자를 들여다보면 중앙에 원자핵이 있고

주변엔 나타났다 사라지는 전자구름이 있다.

또다시 자세히 보면 그 원자핵마저도 나타났다 없어졌다 한다.

가장 견고한 것은

사람의 생각(concentrated bit of information)이다.

물질을 구성하는 것은 다름이 아닌 생각, 개념, 정보들이다.

물질의 흐름은 다름 아닌 생각의 흐름이다.

우리가 사는 세상은 보이는 대로의 세상이 아니다 **04**

외부의 실재란 우리가 우리 내부에 구성한 것이다

우리에겐 자신도 모르게 외부의 세계가 자신 내부의 세계보다 더 실재한다고 생각하는 습관이 있다.

양자물리학에서 밝힌 과학적 사실 몇 가지.
뇌는 1초에 4000억 비트의 정보를 처리한다. 이들 중 우리는 초당 2000여 개 비트의 정보만 인식하며 대부분인 나머지는 인식조차 못 한다. 만약 4000억 개의 정보 중 2000개만 인식한다면, 우리가 외부에 독립적으로 실재한다고 믿고 있는 현실(reality)은 사실은 뇌 속에서 계속 일어난다는 것을 의미한다.
한 실험에서 피실험자가 어떤 물체를 보도록 하고 뇌를 컴퓨터 스캐닝(PET Scan)을 하며 어느 부분이 반응하는지를 조사하였다. 이후 눈을 감고 그 물체를 기억하도록 하니까 뇌의 똑같은 그 부위가 반응을 하였다. 뇌는 외부에서 인식하는 것과 스스로 기억한 것을 구분하지 못한다.

그렇다면 누가 세상을 보는가? 뇌가 보는가? 눈이 보는가? 뇌가 보는 것이 실제인가? 눈이 보는 것이 실제인가?
눈은 렌즈와 같다. 실제로 보는 것, 비디오테이프처럼 역할하는 것은 뇌 뒷부분의 시각피질이다. 카메라는 나보다 더 주위의 많은 것을 본다. 왜냐하면 반대 의견이나 판단이 없기 때문이다.

우리의 뇌는 우리가 가능하다고 믿는 것만 볼 수 있도록 배선되어 있고(wired) 조건화되어 있다 기억의 거울에 비춰보고 난 뒤에 그것을 인식한다.

우리는 오감을 통해 거르고 걸러진 이후의 정보를 받아들인다. 사실 우리는 밖에 뭐가 있는지 모른다. 우리가 인식할 수 있는 것은 극히 일부이고 그나마 덧칠이 되고 왜곡되며 거대한 환상을 만들고 있다. 우리 자신이 현실을 창조한다.
외부의 세계가 자신 내부의 세계보다 더 실재하는 것이 아니다. 우리가 외부의 세계를 만들어낸다.

우리가 사는 세상은 보이는 대로의 세상이 아니다 **05**

모르면 보이지도 않는다

우리는 알지 못하면 감각 기관이 제대로 받아들이지 못한다. 콜럼버스의 배가 연안에 다가오고 있는데도 아메리카 인디언은 멀쩡히 두 눈으로 바다를 보고 있으면서도 배가 있는 줄 몰랐다는 얘기가 있다.

이 부족의 주술사가 파도가 심하게 일렁이는 것을 자꾸 관찰하다가 드디어 배를 발견하고 주민에게 알렸고, 원주민들이 그제서야 배를 볼 수 있었다고 한다. 주민들은 배라는 게 존재한다는 것을 몰랐기 때문에 보지 못했고, 주술사를 믿고 보는 연습을 한 후에야 배를 볼 수 있었다고 한다.

조선 시대 사람이 컬러 TV를 처음 본다면 사실과 다르게 착각하지 어떻게 사실을 알겠는가? 스위치나 스피커는 눈에 들어오지도 않을 것이며 그냥 화면과 소리에서 사람이 안에 있는 걸로 착각할 것이다. 머리의 지식이 감각 기관에 영향을 주는 케이스이다.

현대자동차 개발팀 소음 담당자의 귀는 우리의 귀와 전혀 다르다. 우리는 못 듣는 미세한 음을 훈련에 의해 듣는다. 훈련이 현실을 만드는 또 다른 케이스일 것이다.

또한 태어나 살게 되며 주입된 개념과 지식이 현실을 재구성하게 한다. 착각하게 만든다. 내가 아프리카 원시 부족에서 태어났다면 좋은 대학을 다니고 더 좋은 자동차나 더 큰 아파트를 가지려 하는 일은 없을 것이다.
우리는 현실을 창조한다.

우리가 사는 세상은 보이는 대로의 세상이 아니다 **06**

우리 행동 하나에도 온 우주가 연결되어 함께 어우러져 돌아간다

나를 사무실로 태워 가려고 지하철이 들어온다.

얼마나 많은 손이 나의 이동에 도움을 주는 걸까?

기차 운전사, 역무원들, 전날 밤의 정비공들, 청소 아주머니, 내가 탈 지하철을 만든 사람, 지하철 역사를 만들고 철로를 깐 사람, 그 지하철을 위해 철판을 만든 사람, 그 철판을 위한 철광석을 조달한 사람, 호주의 광산 광부, 한국으로 날라 온 배의 선원.

시간적으로 거슬러 가면 내가 탈 지하철로 발전시킨 국내외의 창시자, 개발자, 엔지니어들. 그들을 낳아준 부모, 그들을 먹여 살린 밥집 아주머니, 공부시킨 학교, 선생님, 그들이 연구하는 데 쓴 볼펜, 컴퓨터, 그걸 만들어준 사람들…. 나아가 그들을 건강하게 살게 해준 태양, 바람, 물….

공간과 시간을 따라 추적을 하노라면 끝이 없다. 온 우주가 내가 지하철 타고 가는 데 간여하고 있다. 나의 행동엔 온 우주가 담겨 있다. 나의 다른 행위도 또한 그러하고, 나의 생각도 당연히 그러하다. 온 우주가 내 행동, 내 생각에 어우러져 있다.

우리가 사는 세상은 보이는 대로의 세상이 아니다 **07**

이 배추는 언제부터 당신 몸과 하나가 되는가?

내가 식탁에 앉아 배추를 먹으려 한다.
이 배추는 내 몸에 흡수되어 내 몸의 일부가, 내 몸의 에너지가 될 것이다. 그러면 언제부터 이 배추가 내 몸이 되는가?

내가 배추를 입속에 넣는다.
입을 열고 있으면 이때 배추는 내 몸이냐?
입을 닫으면 이때 배추는 내 몸이냐?
배추가 목구멍을 넘어갔다. 이때 배추는 내 몸이냐?
식도를 따라 내려간다. 이때 배추는 내 몸이냐?
위에 도착하여 소화가 되려 한다. 이때 배추는 내 몸이냐?
이제 영양분이 되어 위벽을 통해 교환되기 시작한다.
이때 배추는 내 몸이냐?
도대체 언제부터 이 배추가 내가 되는가?

끝없이 나누어 살펴보는 미분 관찰을 해보면, 배추를 입에 넣는 순간부터 소화과정이 계속 연결되어 있어 딱 잘라 집어낼 수 없으

니 언제부터 배추가 내 몸이 되는 그 시작인지를 찾을 수가 없다. 이것이 저것이 되는 그 변화가 일어나는 시점을 찾을 수 없는 것이다. '특별한 구분되는 그 한 순간' 이 없이 물리적으로 따로 보였던 배추가 나의 몸이 되어버린다.

그렇다면 같은 논리로 배추의 양분이 된 그 땅의 거름은?
그 거름도 그 한 순간이 없이 배추의 일부가 되어버린다. 그리고 그 배추는 그 한 순간이 없이 나의 몸이 되고….
또 하늘에서 내린 비가 배추의 물 성분이 되는데 그럼 그 비는?
더 나아가 그 하늘에서 내린 물은 인도에서 구름으로 바람 타고 왔고 그 인도의 구름은 땅의 수증기가, 그 수증기는 인도 수도원의 한 성자가 뱉은 몸의 호흡에서도 나왔으니 이 모두가 겉보기에 다른 것으로 변하는 그 특별한 '구분되는 한 순간' 이 없이 이어지는 것이다.
이것이 저것이 되는 그 변화가 일어나는 시점을 찾을 수 없다면 그것들을 별개로 구분을 못 하니 모두가 이어져 하나가 된다. 우리와 주위 환경은 하나이다.

자신을 바라보면서 우리는 자신의 몸이 어느 지점에서 끝난다고 인식한다. 주변에 있는 산소와 물과 햇빛은 체내에 있는 것과 다르지 않다. 진정한 의미에서 주변 환경은 곧 우리 몸의 연장이다.

우리가 사는 세상은 보이는 대로의 세상이 아니다 **08**

내 몸의 근원을 찾아 시간을 거슬러 가보면

지금의 나의 몸의 근원은 무엇인가? 나의 시작은?

방향을 잡고 추적해나가면

물론 어린 시절, 그 이전에 아기, 그 이전에 엄마 배 속의 태아,

그 이전엔 수정란….

수정란 이전은 엄마 아빠의 난자와 정자,

그 이전은 난자를 만든 엄마 성인(成人)의 몸,

정자를 만든 아빠 성인의 몸.

이제는 두 사람을 추적해야 하네….

그 이전은 엄마의 어린 몸, 아빠의 어린 몸

나아가면 엄마를 만든 수정란, 아빠를 만든 수정란

그 수정란을 만든 외조부 외조모의 성인 몸,

친조부 친조모의 성인 몸.

이제 네 사람을 추적해가야 하네….

다시 그 수정란을 만든 외조부의 부모, 외조모의 부모,

친조부의 부모, 친조모의 부모.

이제 여덟 사람….

계속 나의 근원을 추적해보면 계속 2의 자승으로 늘어나고,
이게 선사 시대로까지 가게 되면
나의 근원은 무한으로 늘어난다.

다시 정신 차리고 추적을 계속해가면
최초 인간이 나의 근원으로 연결될 것이고
여기다가 인간으로 진화하기 이전의 고릴라,
이전의 파충류, 주욱 추적하면 아메바가 나의 근원이다.
그리고 그 같은 근원에서 나온 모든 생물이 나의 형제,
나의 삼촌뻘이 되는 것이다.

지금까지는 수정란, 생명의 탄생 측면에서의 추적이고
그 수정란을 키워 성인의 몸이 되게 해준
다른 근원을 찾아 옆으로 눈을 돌려보면
곡식, 과일, 채소 등 식물도 몸 안에 들어와 소화되어
조상의 몸이 되니 나의 근원이요,
그 식물들의 근원이 나의 근원도 될진대….
그 식물을 키워준 태양, 바람, 물, 벌, 나비도 나의 근원이다.

그러면 나의 근원이 아닌 것은 무엇인가?
없다! 모두가 나의 근원이다.
그러면 이른바 모두가 하나이다.

내 몸뚱이조차도 시작이 언제부터라고 할 수 없다

좋아하는 법륜스님이 하시던 얘기다.

나와 옆집의 영희가 어느 날 우연히 똑같은 소나타 새 자동차를 사서 각각 자기 집 앞에 두었다.

두 차의 모델, 색깔, 타이어, 카시트, 인테리어, 엔진 등등 조그마한 하나까지 같다. 자동차 회사의 실수로 엔진 번호나 번호판 번호, 유리창에 새겨진 번호 등등 모든 번호는 두 차 다 없다.

나와 영희가 잠든 한밤중에 요상한 취미를 가진 천재 엔지니어가 심심풀이로 두 차의 바퀴 네 짝을 서로 바꿔놓았다.

내 집 앞의 차가 내 차인가? 영희 차인가?

아직은 내 집 앞 차가 내 것인 것 같다.

그다음 날 밤, 이제는 문짝 4개와 카시트를 서로 바꿔놓았다.

내 집 앞의 차가 내 차인가?

아직은 내 집 앞 차가 내 것인 것 같다.

그다음 날 밤, 이번에는 차 프레임을 바꿔놓았다.

내 집 앞의 차가 내 차인가?
헷갈리기 시작한다.
그다음 날 밤, 이번에는 엔진을 바꿔놓았다
내 집 앞의 차가 내 차인가?
언제까지라도 내 집 앞에 있으니 이 차가 내 차인가?
언제부터가 어디까지 바뀌었을 때 영희 차가 내 차가 되는가?

이렇게 차의 부품이 계속 바뀌는 데 어느 차가, 어느 때의 차가 내 것이라 꼭 집어 말할 수 없다. 막연히 그냥 내 차라고 이름을 붙일 뿐이다.
몸뚱이도 마찬가지다. 한 순간도 쉬지 않고 세포나 구성 원자가 바뀐다. 마찬가지로 그냥 영원히 내 몸이라 착각하고 이름 붙일 뿐이다.

사실 지금도 옆 사람과 원자 교환이 일어나고 있고, 어제 중국 사람이 뱉은 호흡의 원자가 오늘 나의 몸뚱이가 되고, 몇 년 전 인도의 한 성자의 호흡이, 온 우주의 원자들이 내 몸으로 들락거리고 있다. 나의 몸뚱이는 내 것인가? 언제부터 내 것인가?

과학적 사실에 따르면, 사람 몸뚱이에서는 100만 분의 1초마다 수조 개(10의 12승)의 원자들이 꾸준하게 변하고 있다. 3개월이면 원래의 원자는 하나도 남아 있지 않게 된다.

우리가 물을 마시는 것은 산소 원자를 마시는 것인데 그 산소 원자는 아주 오래전 폭발한 별의 잔해이다. 그 원자는 지구에 온 후 계속 재생되어왔기 때문에 결국 공룡의 일부와 위인들의 일부도 마시는 셈이다.

> 우리가 숨 쉴 때마다 폐에 수천조 개의 원자가 들어옵니다. 그 원자들은 공기 중에 혼합되었지만 과거와 똑같은 산소와 질소 원자입니다. 따라서 우리는 숨 쉴 때마다 수백 년 전 갈릴레오가 내뱉은 원자도 마시고 소크라테스가 내쉰 원자를 마시는 셈입니다.
>
> – 컬럼비아 대학 데이비드 헬펀드 박사

내 몸뚱이조차도 언제부터 시작이라고 할 수 없다….

우리가 사는 세상은 보이는 대로의 세상이 아니다 **10**

당신의 나이는 몇 살인가?

2000년에 그해 만든 컴퓨터를 하나 샀음.

2005년에 CD 드라이브가 고장 나서 새로 사서 바꿔 끼움.

2007년에 CPU가 느려터져 2007년산 최신 펜티엄4로 바꿈.

2008년에 낡은 본체 껍데기를 바꾸며 겉모습이 바뀜.

그러면 이 컴퓨터는 도대체 몇 년도 산인가?

처음에 산 2000년도인가?

중요한 머리인 CPU가 바뀐 2007년 산인가?

아니면 가장 최근에 겉모습을 완전히 바꾼 2008년 산?

마찬가지로 이 몸의 나이는 또 몇 살이 되는가?

방사성 동위원소 실험 결과로도 사람 몸은 매년 전 세포의 98%가 완전히 바뀐다. 위벽은 5일, 간은 6주, 골격은 3개월마다 완전히 새것으로 바뀐다. 전 우주와 신진대사가 일어나서….

이 몸의 때도 죽은 세포인 것이다.

아기의 세포는 사실 새로운 것이 아니다. 세포 속의 원자들은 우주 속을 수억 년 동안이나 돌아다니던 것들이다. 지금 숨 쉬는 한 호흡이 작년 중국 사람이 내뱉은 수십억의 원자를 받아들이는 것이다.

따라서 구성원소로 따지면 내 몸의 나이는 50억 살(원자의 나이), 또는 인체 조직 속의 원자가 교환되는 데 걸리는 그 짧은 순간이 내 나이일 수 있고, 혹은 세포가 음식과 공기와 물을 처리하는 효소를 교체하는 데 걸리는 시간인 3초가 내 나이이다.
하지만, 사람들은 습관적으로 잉태가 된, 또는 세상에 나온 이후의 시간을 나이라고 하는 것이다. 생각을 넓히고 새로운 시각으로 보면 이 모두가 내 몸의 나이인 것이다.

그러면 마음의 나이는 몇 살인가?
마음은 보이질 않으니 더 나이를 알 수 없어 그 마음이 하는 짓을 보며 추정할 수밖에 없다.

"당신이 어디에서 왔다고 생각하는가?
당신은 그냥 단세포에서 진화한 세포들의 보잘것없는 덩어리에 불과하다고 생각하는가? 그렇다면 당신의 눈빛을 통해 그렇게 뚫어지게 쳐다보고 있는 이는 누구인가? 당신의 독특함과 개성, 당신의 인격과 인품, 사랑하고 포용하고 희망하고 꿈꾸는 능력, 그리고 창조할 수 있는 경이로운 능력을 당신에게 주는 근원은

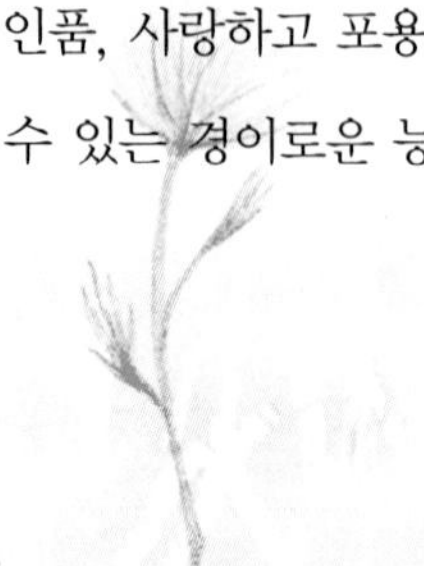

무엇인가? 그리고 당신에게서, 비록 어린아이일지라도, 드러나는 그 모든 지성, 그 모든 지식, 그 모든 지혜를 어디에서 언제 축적하였는가? 영원에서 보면 한 숨밖에 안 되는 한 생애 동안에 지금의 당신이 되었다고 생각하는가? 지금의 당신은 생 다음의 생, 또 다음 생, 이렇게 계속 이어지는 긴 시간 동안에 이뤄진 것이다."

– 람타

당신의 어린 아이들을 살펴보라.
태어난 지 몇 살 안 되어도 하나는 고집이 세고 하나는 순하다. 나의 큰딸은 성실하고 원칙주의이며 둘째 딸은 사람 사귀는 걸 좋아하고 대범하다. 태어난 후 고작 몇 년 동안에 원인이 생겨 이런 차이가 다 만들어진 것으로 생각하는가?

허공의 나이
민사 선사가 사해에게 물었다.
"수산의 나이는 얼마인가?"
"허공과 같다."
"허공의 나이는 얼마인가?"
"수산의 나이와 같다."

– 『전등록』에서

우리가 사는 세상은 보이는 대로의 세상이 아니다 **11**

'나의 것'이라 해도 명확히 구분되는 경계는 없다

이 몸을 나의 몸이라 생각한다.

배추를 먹는다. 입안으로 들어간다. 위에서 소화가 시작되고 양분이 되어 몸의 새로운 세포가 된다. 이 배추가 나의 몸이 된다.

호흡을 한다. 옆 사람의 호흡으로 나온 미립자가 나의 허파를 통해 몸으로 들어온다. 세포 교환이 된다. 옆 사람의 몸이 나의 몸이 되는 것이다.

나의 몸은 자꾸 변하고 주변의 것이 나의 몸으로 바뀐다.

이 돈 100만 원을 나의 돈으로 생각한다.

주식에 넣는다.

이란과 이스라엘이 한판 붙으려 한다.

텍사스에 태풍이 불어 정유 시설이 손실된다.

기름값이 오른다 주식이 떨어진다.

나의 돈은 줄어든다.

가지고 있는 이 빌딩을 계속 나의 빌딩일 것이라 생각한다.

바람과 비와 공해, 사람의 사용으로 인해 점차 노후화되어 결국은 없어지게 된다.
왜 나의 것이 영원하지 못할까? 왜 나의 것이 주변의 영향을 받아 없어질까?
나의 것에 영향을 주는 것들은 내 것과 완전히 별개일까?
나의 것의 경계는 어디까지일까? 과연 경계가 있기는 할까?
차라리 이 모든 것이 나의 것이 아닐까?

내가 쓸 수 있는 것만이 나의 것이라고 한다면….
내 돈을 털어 자식을 학원에 열심히 보낸다. 내 것이 줄어든다.
마침 공부를 잘해 돈을 잘 벌어 내게 용돈하라고 준다. 급하게 돈이 필요하다고 하면 또 준다.
시골에 야산이 있는데 팔아 쓰려 해도 안 팔린다.
내 자식이 가진 돈, 돈으로 바꾸려 해도 안 되는 야산….
무엇이 나의 것인가?
친구가 내게 술을 산다.
어디까지가 나의 것인가?

사실 어느 것까지가 나의 것이라는 정확한 구분은 없다. 부와 가난도, 잘나고 못남도, 다툼과 경쟁도 착각이 만들어낸 마음의 산물이다.
모두가 착각 속에서 살아갈 뿐….

CHAPTER 2

현실은 환(幻)이다

현실은 환(幻)이다 **01**

진짜와 가짜의 구별

참나를 찾기 위해 이성적 추리와 논리를 전개하기 전에 우선 필요한 것은 진짜와 가짜의 구별이다. 특히 능엄경에서는 진심(眞心)과 망심(妄心)의 구분이 필수적인 것으로 보고 자세히 논하고 있다.

언뜻 보기엔 진짜, 가짜 둘 다 존재하는 것으로 보인다.
하지만 곧 없어지거나 변하고, 상대가 없으면 생기지 못하는 것을 가짜라 하고, 변치 않는 것, 무엇에도 의존하지 않고, 스스로 본래 항상한 것을 진짜라 한다.
우리가 가짜에 의지할 수는 없다. 쉼 없이 자꾸 변하기 때문이다. 믿을 수 없기 때문이다. 우리는 진짜를 찾아야 한다. 무엇이 변치 않고 영원한 것인지, 참나인지, 든든한 나인지 찾아야 한다.

이 진짜와 가짜의 구별 원칙에 의해 진짜는 어떠한 것일지가 자명해진다. 다른 어떤 것에도 의존하지 않고, 변치 않고, 항상한 것. 의존하지 않으려니 무엇에 근거하여 나타난 것이 아니어야 하니 바로 근원을 뜻함이요, 변하지 않고 항상해야 하니 형체가 없어야 한다. 모든 형체는 변하기 때문이다. 금강경에서도 “범소유상 개 시허망(凡所有相 皆是虛妄), 무릇 형상이 있는 모든 것은 일체가 다 허망하다”라고 하셨다.

모습 있는 것은 없어지니 가짜. 없다가도 생기니 그것도 가짜.
그렇다고 진짜가 없는 것은 아니니 진짜는?
진짜는 유도 무도 아니다. 근원이며, 형체가 없으니 당연히 시간과 공간이 없다.
뭐라도 있으면, 걸리적거리는 게 있으면 가짜다.
변하기 때문이다.

나와 나 아닌 것의 분별도 중요하다.
참나를 찾고 가짜를 버리는 데 필요하기 때문이다.
우선 외부 세상과 물질을 나라고 생각하지는 않는다. 나와 별개로 외부에 존재하고 있어 보이기 때문이다.(사실은 내가 감각 기관과 마음으로 외부 세상을 이렇게 만들었으므로 따지고 보면 외부가 나에게 의존하고 내가 만드는, 나의 일부라고 말할 수도 있지만 지금은 제쳐두자.)
또한 몸도 참나가 아니다. 과학적으로 보면 몸은 세포들의 집합이며, 세포의 생사와 교환으로 어릴 적 몸이 지금의 나로 자꾸 변해왔고 또 변해갈 것이기 때문이다.
따라서 남는 것은, 참나를 찾기 위해 추적해갈 근거가 되는 것은 마음이다. 사람마다 마음이 있고 또 내가 쓰고 있기 때문이다.

그러면 여기서 마음을 여러 단계의 상태로 나눠볼 수 있다.
우선 물질을 인식한 후, 과거 기억에 의해 생기는 좋다 싫다 하는 마음, 이것들이 쌓이면서 어떠한 경향성이 축적되어 습관으로 채색되어 나타나는 마음.
이러한 마음은 수시로 변하며, 외부 경계에 따라 쌓인 기억에 좌우되며, 생각의 모음에 불과하다. 사람의 감각 기관의 한계 내에서 외부 세상에 대해 지식과 기억으로 해석하며 생기는 마음이다.
이러한 마음들은 바뀐다. 가짜다.

이것들의 근원이 있을 것이다.
바로, 분별심이 생기기 이전의 보고 들을 수 있는 순수 능력.
감각 기관이나 세상에 따라 변하지 않는, 근원 상태의 능력.
그 마음은 변치 않고 항상하며 근원이 되니 진짜 마음(眞心)이라 할 수 있다.
물질도, 변하는 망심도 아닌, 그 진짜 마음이 참나이다.

현실은 환(幻)이다 **02**

꿈에서 가짜를 보다…

절에 갔다 와서 피곤했는지 일찍 잠자리에 들었다.

깨어 보니 새벽 4시. 월요일 아침이니 푹 자둬야겠다 싶어서 계속 그냥 잠을 청했다. 그때부터 여러 꿈을 꾸었는데 그중 마지막 꿈은,

어느 학교 수업에서 알루미늄 호일을 둥글게 조그만 공으로 말아 정면의 막 같은 데를 향해 힘껏 던지면 그 막 뒤로 부스러기가 떨어지는데 그 부스러기의 크기로 학점을 받는 것이었다.

두 번 던지게 되어 있는데 나는 고문관이었다. 이미 남들은 알루미늄 호일을 사 왔는데 나는 모르고 놀고 있다가 조교에게 얘기해서 겨우 순서를 다시 잡으며 급히 사 와 첫 번째를 던졌다. 그리고는 다시 주욱 돌아오는 내 순서를 기다려야 했다. 그런데 기다리다가 앞의 포장마차(왜 포장마차 술집이 학교 시험 치는 바로 앞에? 모르겠다.)에 놀러가서 그 주인이 친구와 하는 재밌는 얘기를 듣고 있었다. 시험 치러 가야 하는데 조금만 더 듣고 하면서 계속 얘기 듣다 시험장에 가보니 벌써 시험은 다 끝나고 학생들이 흩어지고 있었

다. 급히 조교를 찾아야 했다. 물어물어 헤매 조교실로 갔다. 조교들은 친구의 빈정댐 "아무리 부탁해봐라 다시 시험 치게 해주나~"를 얘기하며 안 된다고 했다. 이 나쁜 놈한테 전화를 해서 뭐라 할까 보다. 그리고 1회 시험 성적을 보니 80점이었다. 두 번째 던져서 조금만 더 따면 통과인데… 아쉬워하며 계속 부탁을 하다 하다 그만 잠을 깼다.

꿈을 깬 직후 살펴보니,
이런 황당한 일이…. 호일을 던져 뭘 맞히고 어쩌고 하는 게, 또 그걸 하겠다고 애써 부탁을 하는 게…. 왜 그 짓을 하려 했지? 꿈을 깨고 나니 전혀 생뚱맞고, 황당하고 도움이 되지도, 이해가 가는 것도 아닌 그 짓을 하겠다고 바둥바둥…. 또 이어 든 생각.
그래도 그 짓을 계속하려고 하니 조교도 없고 학교도 없었다.
그때 또한, 꼭 그래야 하는 것은 아닌데도 어떤 습관이 움직이는 것 같았다.

깨고 나면,
이처럼 터무니없는 허망한 일을 하는 게 우습고,
그 꿈속의 일을 이룬다는 것도 가소롭고,
또 이루려 해도 그 꿈속의 일을 이어받을 수도 없다.
가만히 보니 지금 생시에 하고 있는 일도 그렇다.
지금 하고 있는 일은?

그리고 하려 하는 일은 황당하고 부질없는 것이 아닌가?
진실로 오늘 이 일이 너를 위해 반드시 해야 하는 일인가?
그런 것은 없다. 그냥 습관이 그렇게 하게 하는 것이다.

아프리카에 태어났거나 500년 전에 태어났으면 지금과는 완전히 다른 일을 하고 있을 것이다. 각자가 그토록 애지중지하는 회사 일이나 가정일도 새로 쳐다보면 터무니없거나 꼭 그렇게 하여야 하는 것이 아닌데도 그렇게 하는 것일 것이다.
더 나아가면,
좋은지도 나쁜지도 모르면서 내 것이라고,
돈이라고, 권세나 명예라고 더 얻으려 따라가는 것,
100년도 못 되는 이 몸뚱이를 쓰는 기간을
생이네 사네 울고불고하는 것,
도를 깨닫네 못 깨닫네 하는 것,
이 모두가 꿈속의 웃기는 일,
허망한 일이다.

지금 이 생이 꿈이나.
꿈도 생시도 모두 꿈이요, 내가 만든 환상 덩어리이다.
그런데도 지금 이 순간도 허망한 생각과 허망한 일을 한다고
안절부절 아등바등….
깨어보면 모든 게 꿈속의 허망인 것을.

어떠한 구함도 없어져야 한다.
습관적인 휘둘림이 없어야 한다.
알고 보면 모두가 터무니없고 우습고 허망한 꿈속의 구함인 것을….
추사 김정희 선생이 썼다고 하는 대몽각(大夢覺)이 생각난다!
인생은 큰 꿈이다. 깨어나라.

나물 먹고 물 마시고 그냥 지은 인연 따라….
몸뚱이의 일은 몸뚱이에 맡기고 더 이상 탐심으로 윤회하지 말고 이제는 자신을 제대로 챙겨 마무리하는 유유자적함….
아니 그런 생각도 없는 투명함….

현실은 환(幻)이다 **03**

현실도 꿈도 똑같이 환상이다

바로 앞에 서 있는 이 사람
지금 눈앞에 보이는 저 산
밤하늘을 거쳐 보이는 저 별
이렇게 현실에 보이는 것이 믿을 만한가?
진짜인가 헛것인가?

지금 내 눈에 보이는 별들 중 어떤 별은 35억 년 전의 빛이 지금 지구에 도달하여 보인다고 한다. 지금 35억 년 전을 보고 있는 것이요, 그 별은 지금 없어졌을지도 모르는데 눈앞에는 존재한다.
같은 논리로 확장을 하면
눈앞의 이 사람은 빛이 눈에 들어오기까지, 그리고 눈을 통과하여 뇌로 해석이 되기까지 영점 영영일 초의 미세한 시간 이전의 사람을 보고 있는 것이다.
원자는 1초에 99억 번 움직인다고 한다. 이미 변했는데 지금 그렇게 있다고 보는 것이다. 현실은 믿을 게 아니다. 환상이다.

또한 우리의 감각 기관이 그 기능과 한계로 이 현실을 만든다.
어느 주파수만 보게 하는 눈
어느 주파수만 들을 수 있는 귀
어느 진동만 느낄 수 있는 감각
어느 속도만 볼 수 있는 시각 기능을 가지고 있기 때문에
인체의 그 기능들이 받아들인 것만 현실로 보이는 것이다.

이 현실이 진짜가 아니라는 것이요 왜곡된 환상이라는 것이다.
개의 코, 독수리의 눈, 개미의 감각 기관, 하루살이의 뇌를 가졌다면 우리의 이 현실은 다른 현실이 되어 있을 것이다.
눈이 엑스레이의 기능이었다면 뼈만 보이니 이 여자의 피부가 하얗고 깨끗한 것이 없을 것이요, 눈이 독수리의 눈이라면 안 보이던 1킬로미터 밖의 물체가 새삼 존재할 것이다.
조개의 감각 기관이었다면 좌우가 없이 상하만 있는 세상이요, 물장구, 개미의 감각 기관이라면 하늘은 존재하지 않는 2차원의 세계였을 것이요, 하루살이라면 어제가 없고 오늘만 있는 현실일 것이다.
이렇게 현실은 감각 기관에 따라, 감각 기관의 성능에 따라 변한다. 감각 기관이 세상을 만들어낸다. 따라서 나의 감각 기관이 만든 이 현실이 진짜가 아니요 왜곡된 환상인 것이다.

그리고 같은 현상이 보이더라도 개개인의 기억과 개성에 따라 다

른 현실이 다가온다. 그림 그리기를 좋아하는 놈은 세상을 시각적 감수성으로 모르던 것을 찾아 해석할 것이요 음악을 좋아하는 놈은 세상의 소리를 음악적으로 해석하며 다른 사람이 못 듣는 소리를 발견할 것이다.
장미를 보면 누구는 아름답다고 좋아하고 어떤 이는 슬픈 추억이 떠올라 싫어한다. 사람이 몰려 있으면 장사를 하는 사람은 사람 수가 돈으로 보일 것이요, 경비 경찰은 사람 수가 귀찮은 관리 대상으로 보일 것이다. 휴일날의 비는 해수욕장 장사에게는 원수지만 홈쇼핑에게는 천사다.
사람이 가진 감각 기관에 의해 모두 같은 현실을 보더라도[20] 이렇게 개인의 기억과 개성에 따라 색칠이 되어 서로 다르게 보고 해석하며 경험한다.[21]

현실은 우리가 감각 기관을 써서 만들어내는 환상이지만,
꿈은 감각 기관을 안 쓰면서 뇌가 만들어내는 환상이다.
꿈은 환상이라는 것에 쉽게 동의한다. 꿈속에서 보는 세상과 친구와 나눈 얘기는 꿈을 꿀 때는 생생하지만 깨어보면 환임을 안다.

하지만 혹자는 차이를 말하려 할 것이다.
꿈은 한 번이거나 바뀌지만, 현실은 눈을 뜨면 같은 게 반복되고 이어지니 더 실재가 아니냐고….
그것은 우리 뇌의 기억 기능 때문일 것이다.

치매 환자에게는 자식도 없고 방금 먹은 밥도 없을 것이다.
기억이 없다면 순간순간이 새롭고 연결이 없으니 현실이 잠깐씩 꾸는 꿈이 될 것이다. 따라서 뇌의 기억 저장 장치가 현실을 꿈과 다르게 보이게 한다.

뇌는 사람의 기관 중 하나이고 또한 이러한 기억 저장 기능은 기관의 여러 기능들 중 하나이다. 우리가 알다시피 돌고래나 개가 겪는 현실이 감각 기관과 기능에 따라 서로 다르게 보인다. 동물들의 기관에 따라 세상이 서로 다르게 보이듯 우리 뇌의 기관과 기억 기능 때문에 우리에게 꿈과 현실이 다르게 보이는 것이다.
연속되어 보이는 현실이 꿈과 달라 보이는 것은 사람의 기억 기능 때문인 것이다.
새삼 현실이 꿈이 따로 있는 것이 아니다. 나의 현실, 개의 현실, 하루살이의 현실, 나의 꿈, 이 모두가 하나의 스펙트럼 상의 한 종류일 뿐 근본적으로 다른 것은 아니다

또, 꿈에 만든 세상에는 내가 시간 공간의 제한이 없이 이리저리 다니니까 시공의 제약을 받는 현실과 다르게 보일 수도 있다.
그것은 꿈에서는 사람의 감각 기관을 사용하지 않기 때문이다.
감각 기관이 있어 시간과 공간이 만들어지니, 그 감각 기관 이전에는 시간과 공간이 없을 터이며, 따라서 감각 기관을 안 쓰니 시공의 제한이 없어지는 것이다.

이 또한 감각 기관의 차이에서 더 나아가, 감각 기관을 쓰는지 안 쓰는지의 큰 스펙트럼 중 한 부분일 뿐, 꿈과 현실은 새삼 다른 것이 아닌 것이다.

결국 감각 기관의 기능 차이에 의해, 또 감각 기관을 쓰고 안 쓰고에 의해 서로 다른 세상이 만들어지고, 현실과 꿈이 달라 보이게 하는 것이다.

꿈이나 현실은 실체가 따로 있는 것이 아니다. 인간의 습관으로 꿈이다 현실이다 구분하고 살아가는 것뿐이다.

꿈과 현실은 정말 같다.

모두 당신이 만드는 환상이다.

현실은 환(幻)이다 **04**

우주가 존재하느냐?

숲 속에서 나무가 하나 쓰러졌는데
그 소리를 들을 사람이 아무도 없어도 그것은 소리를 낼까요?

나무가 하는 일은 음파를 발신하는 것이다. 음파는 그것을 수신할 수신기가 필요하다. 지금 이 방 안에는 무수한 전파가 있지만 거기에 동조할 수신기가 없기 때문에 소리는 나지 않는다. 인간이나 동물의 귀는 수신기이다.
나무가 숲 속에서 쓰러지는데 소리를 들을 사람이 없다면 나무는 소리를 내지 않는 거다.
소리는 당신이 듣기 전에는 소리가 아니다.

–『우주가 사라지다』에서

빛깔도 마찬가지이다.
저기 보이는 나무가 아무도 보는 사람이 없는데도 저런 모습으로 존재하느냐?

나무가 이렇게 보이는 것은 빛이라는 중개자의 전달 작용을 거쳐, 보는 사람의 이런 기능을 가진 눈동자와 시신경에 의해 생겨나는 것이다. 이렇게 보는 눈이 없다면 이런 모습의 나무는 없다.

(빛이 전달자로서의 역할만을 충실히 수행하는지도 알 수 없다. 빛의 흡수, 반사, 굴절 등에서 생략되거나 왜곡되는 부분이 있기 때문이다. 또한 인간의 시신경이 빛의 정보를 그대로 읽는다는 것은 다만 근거 없는 믿음에 불과하다.)

이렇게 계속 분석을 해나가면, 소리, 빛깔뿐만 아니라 냄새도, 맛도, 촉감도 마찬가지로 인식할 수신기, 당신의 감각 기관이 없다면 존재하지 않는 것이며, 우주를 인식할 당신이 없다면 우주도 존재하지 않는 것이다. 몸뚱이도 마찬가지이다. 이처럼 당신이 감각 기관으로 인식하니 당신의 몸뚱이도 존재한다.

그것은 양자물리학에서 당신이 보거나 만져보기 전에는 에너지의 파동이 물질처럼 보이지 않는 것과 마찬가지이다. 탱고 춤을 추려면 두 사람이 있어야 한다. 이와 같이 뭔가가 상호작용을 일으키려면 이원성(二元性)을 갖춰야 한다. 이원성 없이는 상호작용할 대상이 존재하지 않는다. 거울 앞에서 들여다보는 사람이 없으면 거울 속에는 아무것도 있을 수 없다. 양자물리학자들도 알듯이 이원성은 하나의 신화이고 커다란 착각이다.

나아가 생사도 오고 감도, 태어남과 사라짐도, 고통도 슬픔도 기쁨도 모두 존재하지 않는다. 그렇게 인식하는 당신이 있으니 비로소 존재하는 것이다. 당신이 만드니 존재한다.

이렇게 우리가 이런 꿈을 만들어내는데도, 우리는 그것이 절대적인 것처럼 영원한 것처럼 아등바등하며 살아간다.

꿈을 따르지 말고, 꿈을 만드는 그놈을 찾아야 한다.

그래야 생사 문제도, 인생 문제도 모든 게 해결될 터이다.

현실은 환(幻)이다 **05**

꿈과 현실은 명확히 구분되지 않는데…

우리는 몸의 감각 기관을 통해 현실을 보고 있다.

그리고 이것이 진리이며 현실의 모든 것이라 생각한다.

하지만 사실은 기능의 한계를 가지고 있는 감각 기관을 통해 그 기능의 한계 내에서 받아들여진 제한된 정보를, 그리고 그 정보 중의 극히 일부를 뇌가 처리함으로써 현실을 만들어내고 있는 것이다.

아래의 신문기사는 꿈과 현실의 차이를 묻는 내용이다.

> 당신이 살고 있는 이른바 '현실 세계'가 꿈이 아니라는 사실을 어떻게 입증할 것인가? 영화 '매트릭스'를 보면서 우리는 스스로에게 되물었나. '과연 현실은 현실인가?' 어쩌면 우리는 꿈을 꾸고 있는 것인지도 모른다. 탄생과 성장, 죽음 그리고 종교와 철학, 사랑까지도 모두 꿈속에서 일어나는 일인지도 모른다. 그리고 그 꿈속에서 우리는 다시 꿈을 꾼다. 과연 꿈속의 꿈이 현실이 아니라고 누가 말할 수 있을까? 우리 삶이 '진짜'라고 가정해보자. 그렇다

면 매일 잠을 자며 꾸는 꿈은 '가짜' 라고 어떻게 입증할 수 있는가? 진짜와 가짜를 구분하는 것은 무엇인가? 꿈을 꾸면서 그것이 꿈이라는 것을 아는 이른바 '자각몽' 은 어떻게 설명할 수 있나?

꿈과 현실을 오가는 꿈, 자각몽

'산들바람이 불어오는 초원에서 멋진 데이트를 즐기고 있다. 멀리서 괴물들이 쫓아온다. 연인의 손을 잡고 달아나는데 갑자기 벼랑이 나타난다. 그러나 걱정하지 않아도 된다. 연인은 푸른 창공을 향해 함께 날아오른다. 괴물들은 허탈한 듯이 바라만 볼 뿐이다.'

이런 꿈을 꿀 수 있다면 얼마나 좋을까? 하지만 달아나려 해도 발은 땅에 달라붙고, 날아오르기는커녕 절벽 아래로 떨어지기만 한다. 하지만 꿈이라는 사실을 알고 꿈을 통제할 수 있다면 상황은 달라질 것이다. 바로 이것이 자각몽(Lucid Dream, 의식이 또렷한 꿈, 꿈을 꾸는 도중에 스스로 꿈이라는 사실을 알고 꾸는 꿈)이다. 자각몽은 다른 꿈과 달리 일관성과 현실성도 있다. 깨어 있을 때처럼 기억도 하고 통제도 할 수 있다. 스탠퍼드대와 루시드 드림 연구소에서 20년간 자각몽을 연구해온 스티븐 라버지는 지난 2003년 『꿈, 내가 원하는 대로 꾸기』와 2008년 『루시드 드림』을 펴냈다. 그는 꿈속에서 깨어 있기만 하면 사물이나 상황, 자신까지도 창조 또는 변형시킬 수 있다고 주장한다.

자각몽은 특별한 현상이 아니라 일반인들도 한두 번쯤 경험해보는 현상이다. '이건 꿈이야' 라고 아는 순간 깨버리기 때문에 지극히 짧은 시간 자각이 진행될 뿐이지만, 꿈과 자각이 혼재하는 상황은 누구나 겪는다. 자각몽이 정신적으로 잘못된 현상은 아니다. 꿈은 '렘(REM)' 수면 상태에서 이뤄지는데, 얕은 잠과 깨어 있는 상태가 혼재해 있을 경우 많은 꿈을 꾸고 또한 자각몽이 나타날 수 있다. 낮잠을 자며 생생한 꿈을 꾸는 경우가 많은 것도 같은 이유에서이다.

꿈과 현실의 차이는 무엇일까

사람은 일생을 살며 3분의 1을 잠으로 보내고 꿈을 꾼다. 거의 매일 꿈을 꾸지만 기억하지 못한다. 기억하지 못한다는 이유 또는 허무맹랑하고 비논리적이라는 이유로 꿈은 그저 꿈일 뿐이라고 치부하고 만다. 그러나 1899년 지그문트 프로이트가 『꿈의 해석』을 내놓은 이후 인류는 잠재의식의 존재를 알게 됐고, 꿈이 그저 꿈이 아님을 알게 됐다. 수면의학 권위자인 미국 스탠퍼드대 윌리엄 디멘트는 "우리는 꿈을 진짜처럼 경험한다. 왜냐하면 꿈은 진짜이기 때문이다. 뇌는 외부 세계와 연결된 감각 기관의 도움 없이, 깨어 있는 상태에서 경험하는 모든 감각 정보를 꿈속에서 되살려낸다"고 말했다. 현실보다 더 진짜 같은 꿈을 꾼다는 뜻.

현실이라 해서 크게 다를 것도 없다. 하버드대 신경의학자이자 꿈 연구가인 로버트 스틱골드는 "깨어 있을 때 우리가 발 담그는 현실 세계는 지극히 복잡한 신경회로가 수행하는 아름다운 속임수에 불과하다"고 말했다. 당신 앞에 놓인 컴퓨터의 존재는 눈으로 보고 손으로 만진 뒤 뇌를 통해 인식하는 것이다. 그런 감각정보가 없다면 뇌는 인지할 수 없다. 알고 보면 '진짜' 세상에 놓인 '진짜' 물건도 뇌 속에서 일어나는 인식일 뿐이다. 말하자면 현실은 감각정보에 의존하는 뇌의 활동이고, 꿈은 감각정보의 제약이 없는 훨씬 폭넓은 뇌의 활동이다.

– msnet 김수용 기자 2008-05-24

장자의 우화를 생각나게 한다.
장자가 나비 꿈을 꾸는지, 나비가 장자 꿈을 꾸는지?
둘 다 틀렸다. 둘 다 꿈이다.

과학적으로도 인간의 의식과 감각 기관이 현실을 만들어낸다.
너와 나는 같은 객관적 현실을 같이 경험하고 있는 것으로 착각하지만, 개인마다 각기 다른 허구인 현실을 만들어낸다.
수십만 개의 정보 중 개인이 처리하는 정보의 양과 종류가 다르기 때문이다.

현실은 환(幻)이다 **06**

꿈속의 꿈속의 꿈일 뿐이다

크리스토퍼 놀란이 만든 『인셉션』이란 영화는 몇 가지 재미있는 얘기를 하고 있다.

사람의 꿈과 현실의 경계가 모호하다.
여주인공은 꿈이 현실인지 현실이 꿈인지 모른다. 현실을 도리어 꿈으로 알고, 깨어나기 위해 자살을 한다. 남자의 현실이 오히려 꿈이라고 하며 자꾸 벗어나라고 얘기한다. 남자 주인공도 꿈인지 현실인지 구분하기 힘들어 어떤 도구에 의존하여 구분한다.

꿈속의 상황을 마음대로 설계할 수 있다.
빌딩도 거꾸로 서고 차도 거꾸로 다니고 사람은 옆으로도 거꾸로도 걷는다. 환경을 맘대로 만들어내고, 죽었던 무의식 속의 사람도 등장한다. 또 본인의 무의식에서 꿈을 설계대로 못 하게 하는 방해자를 등장시킨다.

또 현실의 여러 사람이 같이 그 꿈속으로 들어가 꿈속의 상황을 공유하고 행동한다. 거기에는 시간의 개념이 다르다. 현실의 3분이 꿈에선 30분, 더 깊은 단계의 꿈속의 꿈에선 20시간 이런 식이다. 현실의 자동차가 강으로 추락하는 그 짧은 순간에 꿈에선 온갖 전투를 하고 긴 세월을 움직인다.

마음대로 짓는 꿈, 무의식의 발로, 시간이 다르고, 공유도 하고 어떤 게 현실인지 꿈인지 모르고….
장자의 나비의 꿈이다.

새삼 우리가 진짜라고 생각하는 이 현실은 자신이 지어낸 세상이다. 이 감각 기관이, 이 신경세포망이 만들어내는 허상이다. 하루살이가 만드는, 개가 만드는, 사람이 만드는 세상은 다르다. 지구에 사는 또는 다른 별에 사는 생명체의 세상은 서로 다르다.
우주는 공이다. 하지만 생각이 견고하게 뭘 만들어낸다.
만들고 짓고 부수고 또 변한다.
맞다.
모두가 꿈인데, 사람들은 어떤 걸 현실, 어떤 걸 꿈이라 한다.
현실에서 보면, 잠 속의 현실을 꿈으로 보듯이 꿈에서 보면, 현실이 꿈이다. 모두 헛것이니 어느 것이 진짜라 할 수도 없고, 울고 웃고 부대끼게 하니 똑같다.

간단히 말하면, 이 세상도 꿈이고, 꿈도 꿈이다. 모두 꿈이다. 다 헛것인데 만들어낸 것이다.

꿈에서 큰일을 당하고 죽을 뻔하다 깨어나면, 휴 다행이다….

겪었던 것이 꿈이고 현실의 나는 그렇지 않기 때문이다. 꿈인 줄 알고 꿈을 겪으면 그냥 재미있고 여유가 있다.

마찬가지로 지금 현실에서 내가 고생하고 큰일을 당해도, 휴 다행이다….

왜냐하면 불생불멸 무한인 참나를 알면서, 육체로서의 나라 착각하여 생긴 현실을 제대로 보면 고생이 고생이 아니고, 그냥 재미있고 여유가 있기 때문이다.

> "주인은 꿈을 나그네에게 말하고
> 나그네도 꿈을 주인에게 말한다.
> 지금 두 꿈을 말하는 나그네
> 그 또한 꿈속의 사람이구나."

–서산대사

CHAPTER 3

나는 몸이 아니다

나는 몸이 아니다 **01**

얼마나 속고 살아왔던가!

이 몸뚱이를 나라고 알고
감각 기관이 받아들인 이 세상을 전부로 알고
부모와 사회에서 주입받은 교육, 이미지에 젖어
이것저것 애지중지하는 생각과 기억의 마음 뭉치를 내 마음으로 알고
다가오는 인연에 애걸복걸, 아등바등 구하고 챙기고
그러다 얻은 것 다 놔두고 허망하게 감….

얼마나 속고 살아왔던가!

나는 몸이 아니다 **02**

나는 어디에?

거울을 보라.

당신은 지금 가짜인 당신의 몸을 보고 있다.

수정란에서 시작하여 세포가 분화 성장 교체되어 지금의 당신 몸이 되었고, 지금도 98%의 몸 세포가 1년 내 새것으로 바뀐다.

당신이 옷을 갈아입듯 당신의 몸은 항상 바뀐다. 어릴 적 당신은 지금의 당신과 같아야 되는데 당신의 몸은 변해 있다.

따라서 지금 보고 있는 당신의 몸은 진짜 당신이 아니다.

나는 몸이 아니다 **03**

모든 고통과 근심의 근원은 이 몸이 나라는 착각에서

태국의 총리가 국민들의 사퇴 요구를 거부하며 요즘은 잠자리도 조심한다고 뉴스가 전한다. 나의 것을 놓기 싫고, 나의 몸이 다칠까 봐 그러는 것이다.

모든 고통과 근심, 생로병사의 근원은 이 몸이 나라는 착각에서 온다. 나의 몸이 나이니 생사가 생기고, 너와 나가 구분되니 나의 것이 중요하고, 생각대로 안 되니 온갖 근심이 나온다.
왜 이 몸을 나라고 착각하게 되는 걸까?

첫째, 나의 몸이 내 평생 동안 바뀌지 않는다는 생각때문이다.
어린 몸이 어른이 되고. 음식의 영양소가 새 몸이 되듯이 몸의 세포는 일 초에 수십만 개가 변한다. 같은 강물에 다시 들어갈 수 없듯이 나의 몸도 한시도 같은 적이 없다. 몸의 주인은 오히려 각 세포 하나하나이다. 수많은 생사와 변화를 겪는 세포가 바로 주인이다. 누군가가 이 지구의 모든 생물이 뭉뚱그려 자기라고 해봐라. 당신이 가만있겠는가? 나의 몸은 내 것이라고 난리일 거다. 따라

서 나의 몸은 변하는 세포들의 집합의 연속이며 내가 주인은 아니고, 그냥 부리는 도구 중 하나일 뿐….

둘째, 나의 몸을 내 맘대로 움직일 수 있다는 잘못된 생각때문.
내 머리카락이 자라지 말라고 안 자라는 게 아니고
아픈 배가 맘대로 아프지 말라고 안 아픈 게 아니다.
심장이 내가 뛰어라 한다고 뛰는 게 아니며 백혈구가 내가 싸워라 한다고 싸우는 게 아니다.
살찌지 말라고 살이 안 찌는 게 아니고,
몸뚱이가 늙지 말라고 해도 늙지 않는게 아니다.

셋째, 내가 영향을 주는 것이 이 몸뿐이라는 생각때문이다.
그렇지 않다. 나비효과[22]처럼, 나의 생각은 나의 몸 기관을 통해 온 우주에 영향을 준다. 나의 한 생각에 따른 한 동작 한 동작이 온 우주를 변화시킨다, 개미 발자국 하나가 삼천대천세계[23]를 진동시키는 것처럼, 나의 한 발걸음이, 내가 누는 오줌이, 내가 가르는 허공의 몸짓 하나가 온 우주를 바꾼다.

한 생각을 돌려라.
너의 몸은 네가 아니다.
당신은 당신의 몸이 아니다.

나는 몸이 아니다 **04**

이 몸이 나라는 망상집착이, 가로막음이 없어지면?

나의 몸이 나가 아니라는 것은 과학적 사실을 참구하여보면 당연히 알게 된다.

첫째, 나의 몸뚱어리는 항상 변하는 세포 덩어리, 어릴 적의 나와 지금의 나는 다르다. 한순간도 쉬지 않고 60조 개의 세포가 계속 달라져왔다. 언제 어느 시점의 몸뚱어리를 붙잡고 나라고 할 것이냐? 또한 손발도 장기도 피부도 이식하여 부품 교체도 가능하다. 중국인의 간과 심장이 내 몸이 되었는데 무엇이 나냐? 항상 변하고 바꿔치기할 수도 있는 이 몸뚱이는 참나가 아니다. 무엇보다도 나라면 내 맘대로 되어야 하는데 내 맘대로 안 된다. 시키지 않았는데 요렇게 생겨먹고 고장 나고 아프고 늙고 변한다.

둘째, 몸뚱어리는 우주의 미립자, 원자, 분자로 이뤄져 있다. 몸에 속한 세포의 구성 원료도 또 계속 바뀐다. 중국인의 호흡에 있던 원자가, 우주 생성 시에 생긴 원자가, 아마존 밀림에서 나온 원자가 나의 몸 세포의 원료가 되고 내 몸뚱어리가 된다. 역시 바뀐다.

무엇을 어디까지를 나라고 할 것이냐?

셋째, 나의 눈이 무한현미경이나 무한망원경이 되어본다면 너와 나의 몸뚱어리, 나와 산하대지, 주변의 경계들이 모두 하나인 허공으로 보일 것이다.
하지만 지금 주어진 감각 기관들, 눈 귀 코 피부 등의 성능에 따라 제한된 정보들로 인해 세상이 이렇게 보이고, 너의 몸과 나의 몸이 구분되어 보이는 것이다. 감각 기관의 기능 때문에 시간과 공간도 생기고 세상도 사물도 몸뚱이도 이렇게 생기고 구분도 생긴다. 절대적으로는 내 몸뚱어리가 어디서 어디까지인지 구분이 안 되고 경계가 없는데 뭘 잡고 나라고 할 것이냐?

넷째, 양자물리학 자료들을 보면 세포들이 정신의식을 가진 최소 단위라고 한다. 또한 사람처럼 자살하는 세포도 있다고 한다. 인체 내에서 세포 자살이 일어나는 경우는 크게 두 가지이다. 하나는 발생과 분화의 과정 중에 불필요한 부분을 없애기 위해서이며 올챙이가 개구리가 되면서 꼬리가 없어지는 과정이 대표적인 예이다. 다른 하나는 세포가 심각하게 훼손돼 암세포로 변할 가능성이 있을 때 전체 개체를 보호하기 위해 세포 자살이 일어난다. 즉 방사선, 화학약품, 바이러스 감염 등으로 유전자 변형이 일어나면 세포는 이를 감지하고 자신이 암세포로 변해 전체 개체에 피해를 입히기 전에 자살을 결정한다. 이때 과정에 문제가 있는 세포는 자살을 못 하고 암세포로 변한다.(출처, 『과학도시락』, 김정훈 저). 이와 같은데도 예를 들어 60조 세포로 된 이 몸뚱이를 나라 한다면, 누군가가 지구 상의 50억 인구를 몽땅 나라고 하는 것과 같은 황당한 일이다.

다섯째, 꿈속에서는 몸이 움직이지 않는데도 보고 듣고 말하며 내가 다양한 경험을 하게 한다. 꿈속의 나도 같은 나인데도, 꿈속에서는 내가 이 육체를 사용하지 않고서도 온갖 세상에서 행동과 생각을 펼친다. 더구나 꿈도 아니고, 생시도 아닌, 깊은 잠에서는 아무것도 하지 않고 보지 않고 생각도 않는데도 나는 여전히 존재한다. 나의 몸이라는 의식조차 없는데, 몸뚱이의 작용이 없는 그때도 나는 존재한다. 따라서 이 몸뚱이는 생시에만 쓰는 도구의 하나에 불과하다.

이렇게 사실들을 하나하나 살펴보면, 이 몸뚱어리는 타고 다니는 자동차, 슈퍼맨 날개와 복장일 뿐이며, 참나가 쓰는 도구 중 하나이지 참나는 아니다.

그리하여 이 몸이 나라는 망상집착이, 가로막음이 없어지면?
그렇다면 이 몸뚱이로 인해 생긴 것도 참나가 아닐 것이니 참나가 아닌 것을 하나씩 없애 보자. 그러면 뭐 드러나는 것이 있겠지.

몸뚱이가 나는 아니니 몸뚱이를 나라고 착각하여 생겨나며 분별하게 되는 나의 것, 나의 가족, 나의 소유, 명예 욕망….
이 모두는 몸뚱이를 위한 것이었으니 이제는 버리자.
가짜다. 허망한 것이다.
본래의 나를 위한 것은 아니기 때문이다.

이 몸뚱이로 생긴, 경계로 인해 일어나는 나의 마음, 이 가짜 마음도 버려야 한다.
몸뚱이를 위한 온갖 망상 갈애 욕망 시기 비교 바람 등의 모음이요 생각의 모음이다. 영원하지 않으며 몸뚱이로 인해 일어났다 꺼지는 순간적인 환이다. 버리자. 참나가 아니기 때문이다.

몸뚱이의 감각 기관으로 인해 생겨나는 것도 버려야 한다.
생물은 나름의 감각 기관을 통해 나름의 시간과 공간을 만든다.
사람도 눈과 귀 촉감 등을 통해 공간을 만들고 시간을 만든다. 감각 기관이 없다면 시간 공간도 없다. 따라서 감각 기관 이전의 참나에게는 시간과 공간이 없다.
이제는 나와 너의 분별, 나와 동물의 분별, 나와 초목의 분별이 없어지며, 결국 유형무형의 분별이 없어진다.

몸뚱이가 없어지고, 너와 나의 구분도 없어지고, 마음도 없어지고 천지만물 세상도 없어지고, 시간 공간도 없어지고, 모든 분별도 없어지고, 모든 생각도 없어지고, 모든 변화도 없어지고….

뭐가 남는가?

그렇다!
먼지를 닦아가며 헛것을 없애면 드러나는 참나!
버리는 줄 아는 이놈,
바로 지금 여기, 눈으로 보고 귀로 듣고 입으로 말하고 뇌로 생각하는 이놈,
경계를 만들고 가짜 마음을 만들어 세상을 굴리는 이놈….
가짜 마음 이전의 자리….
텅 비어 있어 모든 것을 받아들이는 이놈!
똑똑하여 온갖 것을 만드는 이놈!
있다고도 할 수 없고
없다고도 할 수 없는 이놈!

나는 몸이 아니다 **05**

몸뚱이의 바꿈, 죽음이라는 것은…

기막힌 상상력으로 감탄을 자아내는 『아바타』 영화를 보면 불교의 핵심과 통하는 얘기가 많다.

우선 "나의 몸은 내가 아니다"를 단정적으로 보여준다. 사람들은 이 몸과 저 몸을 들락거리며 몸뚱이를 굴린다. 싸울 때도 자기 몸이 아닌 로봇 몸과 또 자기 몸이 아닌 아바타가 싸운다. 자동차를 바꿔 타듯이 수시로 몸을 바꾼다. 잘 알려진 달라이 라마가 몸을 바꾸며 여러 번의 환생을 입증받듯이…. 이 몸뚱이가 내가 아니면 몸뚱이의 죽음도 나의 죽음이 아니다. 육체의 생사는 있지만, 육체가 아닌 나는 영원 불생불멸이 되는 것이다.

이 몸뚱이가 내가 아님을 확인하면, 이 몸뚱이를 가지고 할 일이 달라진다. 나의 것, 나의 가족, 나의 권세, 나의 오래 삶, 가족의 잘됨, 나의 편이 잘됨…. 이렇게 추구하는 모든 것이 우스워진다. 이 모든 것이 나의 몸뚱이를 기준으로, 그 몸뚱이가 잘되려고 하는 것이기 때문이다.

한편, 영화 속 주인공들은 바뀐 몸뚱이 이전의 감정과 지식 습성을 가지고 새 몸을 굴린다.

이 생의 몸뚱이를 벗어나 다음 생의 몸뚱이를 받아 굴리는데 습성은 가지고 가듯이…. 우리는 탐진치[24]를 부리는 나쁜 습이 “이 몸뚱이가 나다”라는 근본 가정에서부터 잘못된 것을 알면서도 이 습을 고치기 힘들다. 과거부터 쌓아온 습관이기 때문에 그렇단다.

습관의 변화에는 수행이 필요하고 정진이 필요하다.

영화에는 에이와라는 신이 나온다. 만물의 근원이며 그것으로 만들어져 있으며 그것으로 돌아간다는…. 불교에서의 자성자리, 근본자리, 생각 이전의 자리를 의미하는 것 같다.

동물을 잡아먹을 때도 “너의 육체는 나의 육체로 변하고 너의 영혼은 에이와에게 갈 것이다”라고 하고, 박사의 죽음 광경에서는 원주민의 의식에 땅의 기운들과 주민들의 마음이 하나로 모아져 치료하던 차 그 박사가 “나는 에이와를 보았다”라고 하며 눈을 감는다. 그리고 원주민들은 “이제 박사는 에이와와 같이 있다”라고 하며 본성자리로 돌아감을 보여준다.

그 행성의 수억 그루의 나무들은 뿌리로 서로 연결되어 있다. 사람의 신경망처럼. 원주민들의 성인의식이나 기원에도 사람들이 앞 사람의 어깨를 잡으며 하나의 망으로 연결시키며 기원한다.

모두 하나라는 것을 보여준다. 모두 하나가 된다.

몸뚱이가 없어지고, 너와 나의 구분도 없어지고,
마음도 없어지고 천지만물 세상도 없어지고,
시간 공간도 없어지고,
모든 분별도 없어지고,
모든 생각도 없어지고,
모든 변화도 없어지고….

뭐가 남는가?

나는 몸이 아니다 **06**

스스로가 스스로인데

먹구름이 푸른 하늘을 가리듯, 보통은 망상(妄想)이 참마음을 가리고 있다. 좋은 듯한 망상에 홀리고, 괴로운 듯한 망상에 쏠려서 먹구름이 덮고 있다. 망상을 망상으로 알고 바로 벗어나면 좋은데 사람들은 시달리고 있다.

망상이 끊이지 않고 번성하는 것은 우리가 좋고 나쁜 것을 분별하기 때문이요, 그 좋고 나쁨을 분별하는 이유는 이 몸이 소중하고 이 몸을 자기 자신으로 알기 때문이다.
나의 몸, 나의 것, 나의 건강, 나의 가족, 나의 재물, 나의 명예, 나의 칭찬…. 이러한 더 잘되고 더 얻으려는 모든 갈구는 나의 몸을 나로 알고 나의 몸과 외부 사이에 경계선을 그었기 때문이다. 내가 더 많이, 더 낫고, 더 편해야 한다고 생각하며 추구하기 때문이다.

그런데 나의 왼팔과 오른팔은 둘 다 나의 것이다. 그러니 왼팔이든 오른팔이든 어디에나 좋으면 된다. 짐을 들고 있다가 왼팔이 힘들면 오른팔로 옮겨 들면 된다. 당연하다. 왼팔이 어쩌니 오른

팔이 더 어쩌니 분별할 필요가 없다.
그와 같이 이 몸만 나의 몸인 것은 아니라면? 옆집 사람 몸도, 경쟁 회사 직원의 몸도, 세종대왕이나 부시의 몸도 나의 몸이라면? 내가 더 이익을 얻어야 하고, 남이 내게 피해를 주고, 내가 남보다 잘 살고 칭찬받고 더 편하고 이런 게 말이 안 된다.
모두가 나이니까….

나아가 저 배추도 저 산도 이 상쾌한 공기도 나라면? 비가 오고 천둥 치는 것도 따스한 햇살과 맑은 하늘도 바로 나라면?
온 세상이 온통 내가 되고, 눈앞에 보이는 두두물물이 오직 나요 나밖에 없음을 알게 된다.
그러려면 먼저 이 몸이 내가 아니라는 것을 깨달아야 한다. 나의 삶은 몸뚱이로서의 인생이 아님을 알아야 한다.
이 몸이 내가 아니라는 것을 과학적으로 현실적으로 논리적으로 깊이 참구하여 확연해지고 확신이 가면, 온 세상이 나의 몸이요, 산하대지가 나의 손발이요, 흐르는 구름 상쾌한 바람이 나의 놀음놀이인 것을 스르륵 알게 된다. 그러면 지금까지의 나를 위해 이러쿵저러쿵하는 분별망상이 줄어들고, 먹구름 뒤의 푸른 하늘처럼 본마음 참나가 스스로 드러날 것이다.
굳이 찾을 필요도 없이 항상 바로 여기 지금 쓰고 있음을 알게 될 것이다. 스스로가 스스로임을 알게 될 것이다.

나는 몸이 아니다 **07**

몸뚱이를 없애보자, 뭐가 남는가?

몸뚱이는 계속 변하고 내가 쓰는 도구이니 참나가 아니다
몸뚱이를 없애고 그 영향들을 없애면서 참나를 찾아보자.
몸뚱이가 없는 나는 무엇이며 뭘 해야 하는가?

몸뚱이가 없으니 우선 할 일이 없다.
밥을 먹을 일도
자식을 키울 일도
강의를 준비할 일도 없다.
이 모두가 몸뚱이 때문에 해야 할 일이니….

몸뚱이가 없으니 좋다 나쁘다 할 게 없다.
'빵이 맛있구나, 좋다'
'지갑에 돈이 넉넉하니 기분이 좋다'
'정치판 놀음놀이 말장난이 신물 난다'
'주식이 떨어졌으니 좀 사볼까'
몸뚱이가 없으니 그로 인해 생긴 좋다 나쁘다가 없고,

몸뚱이의 경계로 생긴 너 나,
내 것 네 것이 없어지니 기쁨 슬픔도 없다.

몸뚱이가 없으니 기억이나 생각, 지식조차 의미 없다.
어제 친척들과 같이 저녁 먹던 기억,
추석 때 해야 할 교통편 스케줄 생각,
열심히 알차게 인생을 살아야지 하는 각오,
가족들이 별일이 없어야 할 텐데 하는 걱정,
이 모두가 몸뚱이 때문에 생기는 일들이니….

몸뚱이가 없으니 나의 가족 나의 재산 나의 명예가 없다.
몸뚱이로서의 경계가 없어지니 누가 나의 가족인지
어디까지가 나의 친척인지 분별할 일이 없어진다.
어디까지가 나라는 게 없으니
나의 재산이 나의 명예가 나의 행복이 제한이 없어진다.
모두가 나의 가족이요, 모든 게 나의 것이다.

몸뚱이가 없으니 생사도 없고 어제 오늘도 없다.
몸뚱이의 태어남이 생이고 스러짐이 사이니 생사가 없어진다.
몸뚱이의 움직임과 감각 기관이
어제 오늘을 만드니 어제 오늘이 없다.
아울러 감각 기관이 없으니 공간과 시간이 없어진다.

과거의 몸뚱이들도 지우니 나의 습성, 업도 없어진다.
지금까지 나를 지배해오던 모든 것이
몸뚱이로 인해 생긴 것들이네….
온통 찾아보니
모두가 몸뚱이 때문에 생기고 하는 짓거리들….
몸과 마음 모든 것이 없어지네.

다 없어지니 뭐가 남는가?
무엇이 있기는 있는가?
아니면 아무것도 없는가?
나도 모르겠네!

나는 몸이 아니다 **08**

몸뚱이로서의 내가 아니라면?

몸뚱이만이 나라는 생각을 벗어나,
몸뚱이로서의 나가 아니라면 나에게 어떤 변화가 생길까?
차고 뜨거운 것을 못 느낀다 – 느끼는 감각 기관이 없으니,
목마르고 배고픈 것 없다 – 먹을 창자가 없으니,
입히고 재워야 할 걱정이 없다 – 몸뚱이가 없으니
병들고 피곤한 것도 없다 – 육체의 기관들이 없으니
돈 벌 필요도 재산도 필요 없다 – 뭘 사서 쓸 게 없으니
가족 일가친척도 없다 – 몸뚱이의 기준으로 생긴 핏줄이니
착하고 안 착한 것도 없다 – 몸뚱이 세상의 윤리이니
태어나고 죽는 것이 없다 – 몸뚱이가 생긴 걸 태어났다, 없어진 걸 죽었다 하니

나아가
세상이 없다 – 몸뚱이가 살아오고 접촉하던 세상이니
시간 공간이 없다 – 몸뚱이의 감각 기관이 만드는 시공간이니
가고 오는 것이 없다 – 뭘 가지고 가고 온다고 할 것인가

뭘 행동하고 안 하는 것이 없다 – 몸뚱이가 없으니
좋고 싫은 것이 없다 – 몸뚱이의 기준이었으니
있다 없다도 없다 – 모습이 없으니

몸뚱이로서의 나를 벗어나면
지금껏 살면서 생긴 온갖 걱정, 근심거리, 집착, 외로움, 죽음의
공포 등등 모든 게 스르륵 없어진다.
습관처럼 다시 들어오고, 또 지각하면 사라지고 하겠지만
되돌아 이 모든 것은 나의 묘용이 될 것이다.

나는 몸이 아니다 **09**

정말 든든하다, 참나는

몸뚱이로서의 나는 생사가 있으나
몸뚱이를 도구로 쓰는 참나에게는 생사가 없으니 든든하다.

몸뚱이로서의 나는 슬픔과 괴로움이 있지만
몸뚱이 이전의 참나에게는 희로애락이 없으니 든든하다.

몸뚱이로서의 나는 이 집과 재산에 한계가 있지만 경계가 없는 참나에게는 온 우주의 모든 것이 내 것이요 가능성이니 든든하다.

몸뚱이로서의 나는 가족과 주변의 행복을 조바심하며 바라지만 너와 내가 따로 없는 참나에게는 모두가 가족이며 모든 것이 행복이니 든든하다.

몸뚱이로서의 나는 하고 싶어도 못 하는 것, 원해도 안 오는 것이 있지만 몸뚱이의 제한을 받지 않는 참나에게는 모든 것이 가능하며 모든 것이 올 수 있으니 든든하다.
그 자리, 참나는 든든하다!

CHAPTER 4

나는 마음이 아니다

나는 마음이 아니다 **01**

마음은 변하는 생각의 다발이다

변하는 것은 가짜이다.

변하는 것은 의지할 바가 못 되고 참나는 아니다.

나라고 붙잡는 순간, 바로 변하는…. 한순간도 가만있지 않는, 상대적인 것을 어떻게 참나라 할 수 있겠는가.

이 마음이 나라고 생각하는 습관을 버려야 한다.

가만히 들여다보면,

내 마음에는 온갖 생각들이 왔다 간다. 이 생각 저 생각 여러 생각을 팥죽 끓듯이 하게 한다. 한 생각이라도 가만히 변하지 않은 게 없다. 걱정했다 기대했다가, 좋았다가 싫었다가, 기뻤다가 또 슬프게 되는.

또 한 번 들여다보면

이 생각들의 근원은 육체의 감각 기관 한계 내에서 받아들인 외부 인식과, 그동안 주입된 지식과 축적된 경험이다. 이것들 때문에 생각들이 일어난다. 이 근원들도 육체를 부리는 나의 입장에서 보

면, 본래의 나가 아니다.

그리고 느끼는 감정들은 자신이 갖는 기준점과 인식해서 받아들여진 것의 평가, 둘의 차이가 만들어낸다. 기준점은 축적된 경험이나 지식의 영향을 받으며. 받아들이는 것은 감각 기관의 한계와 감정의 영향을 다시 받는다.

다시 들여다보면

"마음은 생각의 다발이다(스리 라마나 마하르쉬)." 그 다발들은 외부 인식과 내부의 지식 감정이 항상 회오리바람처럼 범벅이 되어 변하며 변덕스러우며 전혀 믿을 게 못 된다.

그리고 생각의 다발들은 나와 남, 나와 외부가 다르고 구분되어 있다는, 내 것은 남의 것이 아니고 나와 세상은 다르다는, 감각 기관과 지식에 영향을 받았다. 내 눈이 양자현미경의 배율과 성능을 갖고 있다면 보이는 것은 모두가 하나, 아니 하나라고 할 것도 없었을 터이다. 또한 내가 아프리카 공동체의 원시인이었다면 희로애락의 기준이 달라졌을 것이며, 내 것 네 것의 구분과 욕심이 덜할 터이다.

나의 옷은 나가 아니다. 옷을 바꿔 입을 수 있으니

마찬가지로 나의 마음은 나가 아니다. 항상 바뀌니….

내가 마음이라는 습관에서 벗어나라!

나는 몸이 아니다 **02**

꼼짝달싹 못하는 불쌍한!

의자에 앉은 채 손발이 묶여 있다.
몸뚱이도 꽁꽁, 허리도 꽁꽁 묶여 있고
살펴보니 머리까지도 젖혀져 꽁꽁 의자에 포박당해 있다.
아프다!
머리를 조금 움직여본다.
위치가 바뀌어 조금 괜찮았지만 곧이어 다른 부분이 아파온다.
가슴이 아파 손발이 아파 조금 뒤틀어본다.
조금 괜찮다가 곧 다른 부분이 아프다.
꼼짝달싹도 못하는, 헤어나지 못하는 불쌍한 인간!

새로운 회사의 제안을 받아 일을 시작했다.
돈 걱정에서 벗어날 것 같기에, 폼을 더 잡기에 좋아했던 그 일이,
이제는 포박이 되어 조직에 매이니 눈치도 보이고,
몸과 마음이 피곤하다.
조그마한 부동산을 하나 샀다.
장래 걱정을 덜기에 아주 좋고 기뻤던 그 일이 또 다른 포박이 되어

이것저것 고민거리를 주며 마음을 편하게 두지 않는다.
총무를 맡아 여름 모임을 준비했다.
모두 다 모여 즐겁게 하룻밤을 놀 생각에 기뻤던 그 마음이
바빠서 못 온다는 몇몇 소식에 속상하고 자꾸 아쉬워한다,
아프다.
꼼짝달싹도 못하는, 걱정에서 벗어나지 못하는 불쌍한 인간!

이 걱정이 없어져 좋다 하다가도 저 걱정으로….
즐거워서 좋다 하다가도 또다시 다른 걱정으로….
벗어나지 못한다!
아프다. 계속 아프다.

집착!
이렇게 되어야 한다는 집착!
생각대로 되고 나면 또 다른 집착!

놓아라! 놓아라!
생각대로 되는 것도
생각대로 안 되는 것도
지나보면 무엇이 더 행복하게 해주는 것이 될지 모르는 것을….
인연 따라 오고 인연 따라 가는 광활한 우주의 정확한 법칙에
괜한 착각으로 스스로 속박을 하고 있는 것을….

그냥 놓아버리면 될 것을….
이 몸을 나로 착각하고 자꾸 욕심을 부리는 그 버릇에서 벗어나면 되는 것을….

"자기를 육신과 동일시하면서 행복을 추구한다는 것은 악어의 등을 타고 강을 건너려는 것과 같다. 에고가 일어나면 마음은 그 근원인 진아로부터 분리되어 마치 공중으로 집어던진 돌멩이나 강물처럼 가만히 있지 못하게 된다. 돌멩이나 강은 그것이 유래한 곳인 땅이나 바다에 도달하면 휴식한다. 그와 마찬가지로 마음도 그 근원으로 돌아가서 휴식할 때 편안해지면서 행복해지는 것이다. 돌멩이와 강이 그 출발지로 돌아가게 되어 있듯이 마음도 반드시 언젠가는 그 근원으로 돌아가게 될 것이다. 행복은 그대 자신의 성품이다. 따라서 그것을 욕망하는 것은 잘못이 아니다.
잘못은 그것을 바깥에서 추구하는 것이니, 왜냐하면 그것은 내면에 있기 때문이다."

– 스리 라마나 마하르쉬

자기를 육신과 동일시하면서 행복을 추구한다는 것은
악어의 등을 타고 강을 건너려는 것과 같다.
행복은 그대 자신의 성품이다.
따라서 그것을 욕망하는 것은 잘못이 아니다.
잘못은 그것을 바깥에서 추구하는 것이니,
왜냐하면 그것은 내면에 있기 때문이다.

나는 봄이 아니다 **03**

스스로 감옥을 만든다

사람들은 스스로 감옥을 만들어 스스로 갇힌다.
뭔가 하고 싶다는 것을 부단히 만들어 달성 안 된다고 난리다.

수영을 한다. 즐겁다. 그런데 이제는 동네 수영대회 1등을 해야 한다. 전국 대회 1등을 해야 한다. 목표를 만들어 안 되니 괴롭다.
심심해서 야구라는 스포츠를 만든다. 규칙을 만들고 공을 던지고 치게 하고…. 재미있다. 그런데 이제는 이겨야 한다. 우승도 해야 한다.
얼굴에 화장을 하고 성형을 해봤다. 예뻐져서 기분이 좋다. 곧 다른 부분이 덜 예뻐 보이고 속상하다.
회사에 입사했다. 기분이 좋다. 그런데 이제는 사업계획을 달성해야 하고 남보다 빨리 승진도 해야 한다. 새로운 목표에 갇힌다.
돈을 10억 모으면 행복해질 것 같다. 10억이 모아지면 또 20억이…. 더 돈 많은 주변사람이 눈에 들어온다. 기분이 좋지 않다.

뭐가 되어야 한다. 뭔가를 달성해야 한다.

그렇게 되면? 그렇게 달성되면 그다음은 어떻게 되는데?

되돌아보라~. 잠깐 기뻤다가 어느새 또 다른 목표가 생기고 다시 스스로를 가둔다.

"Free from Desire!" 혜일스님의 행복에 대한 명언이다.

뭐가 달성될 때 행복한 것은 desire가 일시적으로 충족되어 없어지기 때문이다.

하지만 곧 새로운 desire가 생기고 괴로움이 시작된다.

Desire에서 free하려면

Desire가 허망함을, 꼭 맞는 것도 옳은 것도 아님을, 달성하면 영원한 뭐가 오는 것도 아님을, 착각이요 부질없음을 알아야 한다.

그러면 허망하고 허깨비 같은 desire를 가지지 않을 것이다.

> "그대는 자기 자신에게 제한을 가해놓고 그것을 넘어서기 위해 헛된 애를 쓰고 있습니다. 모든 불행은 에고 때문이며 에고와 함께 모든 괴로움이 찾아옵니다. 사실은 그대의 안에 있는 불행의 원인을 삶 속에서 일어나는 사건들에 두어봤자 무슨 소용 있겠습니까? 그대 바깥의 것들로부터 그대가 무슨 행복을 얻겠습니까? 또 설사 얻는다 해도 그것이 얼마나 오래가겠습니까?"
>
> – 스리 라마나 마하르쉬

나는 몸이 아니다 **04**

마음대로 되면 안 된다

보통 사람들은 세상일이 마음대로 되기를 바라고, 그렇게 안 될까봐 불안해하며, 그렇게 안 되면 괴로워한다.

과연 마음대로 될 수가 있을까?

그리고 마음대로 되면 과연 좋을까?

첫째, 마음은 그리 똑똑하지 못하다.

어릴 적 공부하기 싫어 오늘 시험이 없었으면…. 공부하지 않고 계속 놀 수 있었으면…. 마음대로 되었다면 대학도 못 가고 직장도 못 잡고 지금처럼도 못 되었을 것이다. 사탕 실컷 먹고 살았으면…. 그리되면 이빨이 남아나지 않았을 테이다.

미래도 못 본다. 새옹지마. 수많은 사건들이 뒤에 가면 다르게 전개되고 의외의 더 좋은 결과가 온다.

짚신 장사를 하려고 짚을 구하러 다니다가 뜻대로 안 되어 우산 장사를 대신 했는데 여름 장마가 심해 대박이 났다.

짚을 마음먹은 만큼 구했더라면 오히려 쫄딱~.

마음은 똑똑하게 내게 좋은 것 꼭 필요한 것을 제대로 소망하지 못한다.

둘째, 마음이 또는 내 몸이 할 수 있는 것은 지극히 일부분이다. 전 우주가 작용되어 생기는 결과에 영향을 못 미치는 것이다. 시간적으로 과거의 수많은 원인, 공간적으로 몸 외부의 무수한 환경과 사건들이 엉켜 있으므로 지금 내가 꼭 생각하는 대로 되는 것은 불가능하며 말이 안 된다.

셋째, 모두가 환상놀이인데 그 환상놀이에 재미 붙이고, 길들여지게 되어 나쁜 습을 가지게 되기 때문이다.

그냥 흘려버려라….
인연에 맡겨라….

나는 몸이 아니다 **05**

근심 걱정 예찬!

세상의 걱정 근심
내버려둬라.
없애려 애쓰지 마라.

없애도 어차피 다른 걱정이 들어온다.
살아온 것을 되돌아봐라.
얻으면 얻은 대로 지겨워 또는 잃을까 봐
구하거나 모자라면 또 못 얻을까 봐 오지 않을까 봐
항상 근심 걱정은 있어왔다.
그러하니 어차피 동반자다. 그냥 같이 가라!

근심 걱정이 있어야 상대적으로 기쁨과 만족도 오기 때문이다. 한 치 앞을 못 보는 생에서 자기 깜냥대로 끊임없이 환경을 해석하며 걱정 안달을 하다, 또 달라지는 환경과 생각에 비교가 되어 기대와 안도를 한다.

끝이 없이 쳇바퀴 돈다.
그 쳇바퀴에서는 걱정이 있어야 기쁨이 오게 된다.
근심 걱정이 삶의 원동력이요 공부의 자극이 되기 때문이다.
지유스님 설법에
“사업을 하며 100억씩 벌다가 망해서 잃고 세상이 허망한 것을 깨닫고 돌아보니, 재산 권세를 얻으려 하다 그냥 죽으면 얻은 것 모두 놔두고 가면서 그걸 얻으려고 남과 경쟁하고 짓밟느라 익힌 탐욕과 술수의 습성과 과보만 가져갈 뻔했다. 허망함을 미리 알아라. 그게 복이다.” 하셨다.
이 세상이 자기한테 그냥 천국이라면 벗어나려, 마음공부를, 발심을 하지 않을 것이기 때문이다.

더 나아가보면
그 영특한 자리 때문이다.
온갖 생각과 걱정이 바로 그 자리에서 나오니
온갖 것을 가능케 하는 무한의 그 자리가 내게 있음을 보여주고
그 걱정 근심이 바로 그 자리를 드러내기 때문이다.

나는 몸이 아니다 06

인생살이 걱정이 생기면

아메바로부터 지금 이 몸을 굴리기까지
수억 생을 거치며 지나온 터….

각 생마다 수억의 생각, 바람, 성취, 좌절, 희로애락을 겪으며
꾸역꾸역 거쳐왔을 터….

지금 이 순간의 걱정은 그 수억 생의 수억 걱정 중 하나….
그냥 조그만 티끌이 아닌가?
지금 이 순간의 행동은 그 수억 생의 수억 행위 중 하나
무한한 허공의 한 티끌이 아닌가?

현생만을 보더라도
몸을 갖고 태어나
이 몸의 감각 기관을 가지고
부모로부터 사회로부터 주입받은 교육과 이미지 속에서
또 나름의 습을 가지고서

수많은 바람과 결과들이
꾸역꾸역 뜨고 사라지며 살아온 터.
하나의 이미지, 티끌….

우리가 아는 대로
모든 생명이 모두 나이니
이 몸이라는 개체에서 확장하여 나를 모든 생명으로 턱 보면….
항하사[25]의 항하사 수만큼 많은 생과
또 그 항하사의 항하사 수만큼 많은 생각 행위 작용….

이 무한한 허공 속 놀음놀이와 환상 속에서
지금 이 몸의 이 생각과 행동은 얼마나 큰가?
얼마나 차이를 만드는가?
인생살이 걱정이 얼마나 가소로운가?

나는 몸이 아니다 **07**

시간을 압축해보면~

보통 육체의 기능 한계에 의지하여 1/16초의 화면들을 받아들이고, 몇 화면이 연속되는 기간을 막연히 현재라 생각하며 살아간다. 그리고 현재에 살아간다고 하면서 사실은 현재에 온전히 집중하지 못하고, 과거의 기억, 미래의 기대로 마음놀이에 점철되어 희로애락을 엮어간다.

만약 하루를 압축하여 한 장면으로 만들면 어떻게 될까?
육체로 보면 나는 출근 시의 집 장면, 사무실의 근무 장면, 외출한 거리 장면, 저녁 침실 잠드는 장면 등등이 한 장면에 겹칠 것이다. 나는 이 일도 하고 저 일도 하고, 기분이 좋았다 나빴다 실망했다, 싸웠다 화해했다 등등의 여러 마음과 감정들도 한 장면에 나타날 것이다.

일 년을 압축하면?
봄 여름 가을 겨울의 나, 하루하루 다르게 사는 나, 온갖 희로애락을 겪는 나, 온갖 망상을 하는 나가 한 장면에 나타날 것이다.

그런데 또 일생을 압축하면?

정자 난자의 수정란으로서 나, 꼬무락거리는 갓난아기, 성장, 학교, 직장, 청년, 어른, 부모 등등의 모습들이 겹쳐지며 젊음 늙음, 흥망성쇠, 건강함과 병약함, 행복, 고통, 기대, 실망, 오욕[26]이 다 겹쳐지며 한 장면에 나타날 것이다.

이 모두가 한꺼번에 나의 일생 압축 장면에 겹쳐지며 그 모두가 나인 것이다.

그러면 나는 누구인가? 뭐하는가?

행복한가 불행한가? 똑똑한가 멍청한가? 아픈가 건강한가?

기분이 꿀꿀한 게 나인가?

아니다. 압축된 같은 장면에 환희 속의 내가 또한 있다. 나는 실의에 빠진 것도 환희로 가득 찬 것도 아니다.

애 키우고 대학서 가르치는 게 나인가?

어린 나도 있고 학생으로서의 나도 있다. 나는 어린 것도 아니고 어른도 아니며, 학생도 선생도 아니다.

서울에서 사는 게 나인가?

일생을 압축한 그림을 보면 미국서 생활하는 모습도 있고, 유럽을 여행하는 모습도 있고, 호주나 베트남에 출장 간 모습도 있고, 인도의 수도원에 퍼져 있는 모습도 있다. 그 시절 그 환경과 교류하면서 호흡하는 모습들이 겹쳐진다.

마음의 압축도 또한 그러하다.
괴롭거나 아플 때 압축 그림을 생각하면. 나는 괴로운 것도 아니고 기뻐하는 것도 아니다.

압축된 인생 장면을 생각해보면 나는 이것도 아니고 저것도 아니라는, 이것도 맞고 저것도 맞다는, 나의 전체 모습이라는 숨은 진리가 드러날 것이고 곧바로 현재에 집착한 나의 마음에 평화가 찾아올 것이다

이 무한한 허공 속 놀음놀이와 환상 속에서
지금 이 몸의 이 생각과 행동은 얼마나 큰가?
얼마나 차이를 만드는가?
인생살이 걱정이 얼마나 가소로운가?

나는 몸이 아니다 **08**

모든 사건의 시공간적 원인은 무한하다

태풍이 다가와 내가 우산을 쓰고 사무실로 간다.
이 일은 수억 년 전부터 원인을 갖고 있고 예비된 일이다.

기상학자에 따르면 태풍은 적도 근처의 조그만 에너지가 주변 바다의 온도와 에너지를 받아 커지게 된 것이고, 이 태풍은 순간순간 하루하루 관찰되어 우리 생활에 영향을 미친다. 그런데 이 태풍은 전 세계를 휘어 도는 수십 년 주기의 대양 해류의 흐름에 영향을 받는다. 그 대양 해류의 흐름은 바닷물 속 성분과 무게에 의해 영향을 받고, 바닷물 속 그 성분을 따져보면 다시 수십억 년 전의 지구 생성 당시의 성분에 의해 영향을 받았다. 이 지구 생성 시의 성분은 태양계로부터 왔으므로 수십억 년 전의 은하계에 의해 영향을 받았고, 자꾸 영향을 추적해보면 계속 원인은 우주의 탄생에까지 이어진다.
그러므로 당연히 태풍에 우산을 쓰고 가는 나는 수십억 년 전부터 예비된 일이다.

나는 오늘 하루의 일을 계획한다?
세 번 틀렸다

나?
나라고 할 만한 게 없다.
오늘 하루?
오늘 하루의 일이 아니다.
수십억 년부터 예비 된 오늘이다.
일?
나의 일이 아니다. 구분된 나의 일이 아니다.
온 우주의 일이다.

침묵하라! 놓아라!

나는 몸이 아니다 **09**

잘해라, 잘하자… '잘' 은 없다

우리는 세상살이하면서 '잘' 이라는 단어에 휘둘리곤 한다.
바로 그 많은 사람들의 번뇌를 만드는 단어다.
잘할걸, 잘했었으면. 잘하자, 잘 생각해라, 잘못했다.

바로 보면
잘하자의 '잘' 은 없다.

첫째, 우리는 일부러 잘못하려고 하지는 않기 때문이다. 그냥 한 것인데도 잘했다 잘못했다고 괜히 분별하는 것이다.
마하르쉬 말씀에,

> "이생에서 우리가 어떤 행위를 할 것이냐는 우리의 발현업(쌓여왔던 것이 금생에 발현되는 것)에 의해 정해져 있습니다. 일을 하려고 노력하지도 말고 그만두려고 노력하지도 마십시오. 그대의 노력이 속박입니다. 일어나게 되어 있는 일은 아무리 노력해도 일어납니다, 일어나지 않을 일은 아무리 노력해도 일어나지 않습니

다. 따라서 진아에 머무십시오."

백봉 선생님[27]은, "지금 손바닥으로 탁 바닥을 이렇게 치는 것도 그렇게 예정되어 있다. 몸뚱이는 인연에 맡기고 공부하라."라고 하셨다.

지금의 생각과 행동과 환경은 모두 온 우주의 인연으로 연기[28]로 수천억 겁에 걸쳐 쌓여온 결과이다. 수능 시험을 "잘" 쳐라! 수능을 치게 되는 것은 유전적 머리와 성격적 노력과 부모의 경제력 극성과 학원의 공부와 그날의 몸뚱이 상태와 교과부의 그해 방침과 출제위원의 선정과 그 출제위원의 성향, 그 출제위원에게 주어진 참고 교과서들과 문제은행에서 우연히 선정된 문제 등등 수많은 원인들에 의해 결과가 주어지는 것이다. 더 크게 보면 수많은 생명체 중에 사람 몸뚱이를 갖게 되고, 이 지구에, 한국에서, 이 시대에 태어난 인연, 수능 제도를 만든 사람, 배우라고 교과서를 만든 사람, 한글을 만든 사람…. 이런 인연들이 쌓여온 것이다. 지금 잘하라고 한다고 잘하게 되는 것이 아니다.

베를린필 공연 VIP 티켓을 사다. 거금을 주고 2시간 연주 듣는 게 잘했는가?
베를린필이 한국에 오고 우연히 알게 되고 그날에 내가 시간이 있고 티켓이 마침 남아 있고 우연히 앞자리에 앉아 들은 사라 장의 연주에 감탄했고, 심정적으로 스스로 위로하려는 생각을 하고, 마침 골프를 안 치니 그 돈으로 쓰자는 생각도 하고, 내가 음악을 좋아하고, 예전부터의 작곡가들이 작곡을 하고, 누가 오케스트라를 만들고, 악기를 배워 연주하고, 누가 공연장을 만들고…. 고금과 공간을 통틀어 이어져온 이런 많은 인연과 생각 그 결과가 지금 이 행동인데 뭘 새삼 더 하고 덜 한다는 말인가?

행동뿐만 아니라, 이 생각을 하게 된 것도 이 감정을 갖게 된 것도 모두 인연의 쌓임이다. 같은 동네에 사는 어느 분이 일요일에 아파트로 서류를 갖다 주러 왔다. 낮잠을 잤었지만 그래도 알아채고 재빨리 집 정리하고 반갑게 맞이해야 하는데 여러 사정으로 그렇지 못했다. 무엇보다 내 집에서 그 사람을 보는 게 쑥스러웠기 때문이다. 잘못된 행동이고, 잘못된 생각이다. 하지만 그 생각과 감정도 다가온 인연이다. A형이라는 유전적 소심한 성격, 와이프의 유전성 사건으로 떠남, 보여주기 어려운 살림살이, 같은 동네로 이사 온 인연, 마침 누가 전달을 부탁한 서류, 마침 일요일 그 시간에 집에 있었던 딸.

이 생각과 감정이 우연히 한때 잘못해서 생긴 것인가?

둘째, '잘' 은 사람 몸뚱이로서의 나가 판단 기준이 되어 있기 때문에 잘못되었다. 이 몸뚱이를 나로 보기 때문에, 내 것 네 것을 분별하고, 나의 자존심, 나의 재산, 나의 행동, 나의 감정이 잘 되었다, 잘했다, 잘못했다고 하는 것이다.

이 조그만 몸뚱이에 갇혀 죽네 사네, 네 거네 내 거네, 잘했네 못했네 하는 것이다.

따라서
잘하는 것이 아니고 그냥 하는 것이다.
잘해야 하는 것이 아니고 그냥 해야 하는 것이다.
잘된 감정이 아니고 그냥 감정이다.
잘한 생각이 아니고 그냥 생각이다.

과거의 후회와 미래의 불안은 괜히 바쁘게만 할 뿐이다.
모든 것이 원인과 결과로 다가오는 것이므로
중중무진[29]의 무한한 연속성 인연의 총합체가
지금의 환경이요
행동이요
생각이요
감정인 것이다.

그렇고 그러하니 망심을 쉬어라!

나는 몸이 아니다 **10**

우리가 세상, 재물, 명예, 모습놀이에 집착하는 7가지 이유

첫째, 이 몸이 나라고 나의 전부라고 안다.

나는 이 조그만 몸뚱이로서의 나가 아니다.

이 몸뚱이가 나가 아니니, 몸뚱이에서 나오는 나의 소유, 나의 것도 따로 없다. 진짜 나에게는 몸뚱이로서의 경계와 분별이 없으니 나도 너도 모두 하나이며, 따로 나라고 내 것이라고 할 만한 것이 없다. 그런데 보이는 이 몸뚱이만 나라고, 그리고 변하는 주변 것들을 나의 것이라고 착각하고 울고불고한다.

둘째, 더 가지면 더 행복할 줄 안다.

수천억을 가지면 좋은가? 대통령이 되면 좋은가? 뭘 얼마나 더 얻으면 좋은가? 그게 진심으로 변치 않을 원함인가? 조물주가 있어 소원 딱 하나를 들어준다면. 꼭 그것을 원하겠는가? 실상의 너에게는 모든 게 너의 것인데 사소하여 보이지도 않을 것을, 찰나의 것을 붙잡고 내 거다 네 거다 한다. 너는 태평양이면서 부산 앞바다의 조그만 파도를 가지고 울고불고한다.

말도 안 되는 어이없는 집착이다.

셋째, 원하면 오는 줄로 안다
온 우주의 인연이, 수억 겁 이전부터의 모습들이 연결되고 이어 이어져 내려오는 데, 지금의 한 생각으로, 변덕스러운 한 바람으로 그것이 오겠는가?
올 것은 오고 갈 것은 간다.

넷째, 한번 얻으면 영원한 줄 안다
성주괴공, 생주이멸 자꾸 바뀌는 세상이다. 한순간도 가만히 그냥 있질 않는다.
변하는 모습들…. 그냥 왔다 가는 것이다. 흘러가는 것이다

다섯째, 바라는 그 마음이 안 바뀌는 줄 안다
상황이 생각이 바뀌면서 원했던 것이나 좋았던 것이 시들해지고, 변하는 모습 따라 또 바뀌는 마음은 변덕 그 자체다
내일은 다른 생각이 나고 다른 바람이 있을 것이다.
그러려니~ 해라.

여섯째, 세상살이를 나와 너의 경쟁으로 안다
몸뚱이로서의 내가 되면 나와 너의 구분이 생기고 분별이 생기고 경쟁이 생기고 비교가 생긴다. 내가 남보다 더 가져야, 남보다 더 행복해야, 남이 나를 어떻게 볼까에 집착한다.
이 모든 것은 몸뚱이로서의 내가 예전부터 생존을 위해 가져왔던

습관이다. 착각에서 온 습관이다.

너는 이 몸뚱이로서의 네가 아니다.

일곱째, 우리가 몸뚱이로서 영원히 사는 걸로 안다.

지금도 변하는 몸뚱이 세포들…. 곧 늙고 병들고 죽을 한순간의 허깨비 꿈을 꾼다. 그리고 곧 어차피 다가오는 죽음….

그 짧은 꿈속에서 아웅다웅 영원히 살 것처럼 생각하고 행동한다.

이 몸이 나라고 나의 전부라고 안다.
더 가지면 행복한 줄 안다.
우리가 몸뚱이로서 영원히 사는 걸로 안다.

나는 몸이 아니다 **11**

몸뚱이의 인생을 보면

대행스님 말씀에,

"인생이란 어머니 배 속에서 '응아!' 하고 울며 태어날 때
이미 예고 없는 사형선고를 받은 것이다.
그런 가운데 꿈속의 일처럼 살다가 돌아가는 것이며
또 잠깐 이승에 소풍 왔다 가는 것과 같은 것이다.
마치 어린아이들이 땅뺏기 놀이를 할 때,
서로 금을 그어가지고 땅을 뺏고 놀다가 해가 서산에 지면
자리를 툭툭 털고 일어나 돌아가는 것과 같다.
이와 같이 우리의 이 몸이나 재산, 명예 권력 그 모든 것들이
가지고 가려야 가지고 갈 것도 없건만
그 찰나 동안을 살면서도 서로 뺏고 울고 난리들이다."

– 『영원한 나를 찾아서』에서

해가 서산에 지면 놀이를 그만두고 집으로 가는 아이처럼!

비록 생사에 상관없는 내가 인생놀이를 하면서

본래 자리인 집으로 가는 것….

인생놀이가 따로 있지 않고, 가고 옴도 없건만.

중생의 입장에서는

자신의 자리를 알고 닦으며

인생놀이에 집착이나 구함이 적어지면 좋겠다.

나는 몸이 아니다 **12**

외부 대상에 대한 관심을 줄여야 공부가 된다

나는 누구인가?
나는 어디로부터 왔는가?
우리가 내면의 세계로 들어가지 못하는 이유는
외부의 대상에 관심을 두어 끊임없이 일어나는 생각 때문이다.
그러한 외부 관심과 생각은 몇 생을 걸쳐 습관이 되어 지금도 횡행하고 있으니, 특별한 자각과 벗어나려는 노력이 필요하다.
그 생각들이 별 볼 일 없음을, 허망함을 이성적으로도 깊이 인식해야 그 생각들에게서 벗어나는 데 도움이 될 것이다.

뭘 얻으려 해도 생각대로 되지 않는다.
그렇다고 얻어봤자 곧 관심이 없어지거나 더 큰 욕심으로 변한다.
나중에 그것이 과연 좋은 것인지 아닌지 알 수 없다. 전화위복 새옹지마이다.
얻으려 하는 이 몸도 자꾸 변한다. 그러면서도 이 몸을 경계로 한 내 것, 내 소유, 내 명예라고 아등바등한다.

볼 수 있는 세상도 양자의 세계, 사람 감각 기관의 세계 등등 여러 가지인데 지금 보는 세상은 단지 그 여러가지 중 하나일 뿐이다.
생시, 꿈, 깊은 잠 세 가지를 겪는데 우리는 생시만을 중시한다.
가만히 보면 오만 생각이 다 일어난다. 황당하다.
그중 행동이나 말로 옮기는 것은 극히 일부.
나머지는 괜한 생각, 망상 천지이다.
행동이나 말로 옮겨진 것도 결국 변한다. 또 흔적도 없어진다.

생을 되돌아보면…. 원하는 대로 되었던 것이 지금은 어떤가?
실패로 우울했던 일이 지금은 어떤가?
어릴 적, 학생 시절 그렇게 원했던 것들, 안 원했던 것들이 잘되든 못 되든 지금 돌아보면 엮이어 이어져왔고 인연으로 연결되어왔다. 다음 생에서는 이 생의 일을 아웅다웅했던 일을 기억이나 할 것인가?

원해도…. 원해봤자….
변하는 육신의 감각 기관의 세상에 덧칠하는, 황당한 망상~
그 생각에서 벗어나라.
방하착하라.[30]
다 털어버려라.

CHAPTER 5

찾아봐도 나라 할 것은 없다

찾아봐도 나라 할 것은 없다 **01**

그냥 존재하십시오

우리가 이미 소유하고 있지 않아서 얻어야 할 것은 무엇입니까?

참나는 무엇을 얻으려 함으로써가 아니라 무엇을 하는 것을 그만둠으로써, 고요히 있으면서 그저 진정한 자신으로 있음으로써 실현됩니다.

명상하지 마십시오. 그냥 존재하십시오.

– 스리 라마나 마하르쉬

이 에세이집에서는 여러 단어들이 참나와 같은 뜻으로 쓰인다. 참나, 진아, 이놈, 그놈, 이자리, 그자리, 똑똑한 자리, 법신, 존재, 브라만, 불성 등이 같은 의미이다. 참나는 있다, 없다 표현할 수 없다. 있다 하니 찾을 수 없고 없다 하니 지금 생생히 작용하고 있다.

찾아봐도 나라 할 것은 없다 **02**

참나를 알기 위한 4가지 테스트

이성적이고 과학적인 마인드로 다음의 실험을 생각해보자.

첫째, 내 눈이 지금의 성능 한계를 벗어나 양자현미경이 되어보자. 손바닥을 본다. 평소에 보는 익숙한 나의 손. 배율을 높여간다. 느슨한 세포군들… 더 배율을 높인다. 손바닥 모양은 없어지고 온통 분자로 보이고, 더 배율을 높여가면 원자. 더 나아가면 원자핵과 그 주위를 도는 전자…. 이 수준에서 대부분은 공이다. 원자핵을 찾아 더 분해해 나가면 쿼크…. 더 분해하고 조금이라도 뭐가 있으면 더더 분해하면…. 궁극에는, 있는 것도 아니고 없는 것도 아닌 수준의 공과 같은 자리….

자~ 이제 양자물리학의 현미경 수준에서 보았을 때 여기서 뭐가 있는가? 내 봄놓이? 내 자존심? 대입 수능? 회사 출근? 내 아파트? 빛깔? 소리? 냄새? 시간? 모두 없다, 이 자리에서는….

그래도 있는 놈이 있다. 어떤 상황에서도 없어지지 않는 놈, 아는 놈이 있다.

둘째, 나의 몸뚱이의 근원을 찾아가 보자.
부모의 정자 난자가 만나겠지, 수정란. 이게 분화하여 줄기세포. 신체기관이 만들어 지며 몸뚱이 모양이 되어, 갓난아이로부터 젖 먹으며 밥 먹으며 점차 팔다리가 굵어지며 걷고 어린아이가 되고 이십대가 되고 점점 늙어가며 지금의 이 몸뚱이…. 나의 몸은 지금까지 이렇게 계속 바뀌어왔다. 하늘과 땅의 영양분을 받아 세포들이 바뀌고, 죽고, 다시 태어나고. 자라고 또 죽고.
그러면 이 몸뚱이는 60조의 세포 집합으로 한시라도 가만히 있어 본 적 없이 계속 바뀌어왔는데 뭘 붙잡고 나라고 하는가? 어느 몸뚱이가 나인가?
그리고 내 심장이 뛰라 한다고 움직입니까? 백혈구가 세균이 들어오면 싸우라고 명령합니까?
또 수술을 하여 팔다리를, 콩팥과 심장을, 눈과 귀를 수리하고 바꿔 달 수도 있다.

이런저런 사실을 보면, 차라리 몸뚱이는 나의 도구가 아닌가?
몸뚱이를 바꿔어도 쓰니, 나는 운전수이고 이 몸뚱이는 자동차와 같은 것이 아닌가? 이 몸뚱이 자동차를 운전하다가, 바뀐 다른 몸뚱이 자동차를 운전하다가….
그렇다면 자동차가 바뀌어도 계속 운전할 줄 아는 운전수, 바뀌는 몸뚱이들을 계속 쓰는 그놈, 이렇게 생각하고 말하고 몸뚱이를 쓰는 그놈이 나이지 않겠는가?

그 나는 어디에 있나? 몸뚱이의 어디에 있나?

수정란부터 바뀌어왔는데 몸뚱이 어디에 어느 속에 이렇게 생각하고 보고 말하는 놈이 붙어 있겠는가….

몸뚱이가 나라는 고정관념이 잘못된 것 아닌가?

나는 찾아도 찾아도 없으니…. 찾을 수가 없다.

하지만 찾는 그놈은 있다!

살펴보니 이렇게 여러 몸뚱이를 사용하는 나는, 몸뚱이가 나가 아니니 몸뚱이가 태어난다고 나가 태어났고, 몸뚱이가 죽는다고 내가 죽는 게 아니겠지. 그러하니, 나에게는 생사가 없다.

또한 몸뚱이가 나가 아니니 몸뚱이로 인해 생기는 나의 가족, 나의 재산, 나의 자존심, 등등 나의 것이 없어지고 너와 나가 하나가 아닌가? 경계와 구분이 없어지니 생사가 없고 나와 너가 따로 없다!

계속…. 나는 누구인가?

셋째, 우리가 조선 시대에 태어났다고 해보자.

회사 출근, 지하철, 텔레비전, 야구 경기, 맛있는 과자, 아파트, 비키니….

이런 것들은 해본 적도 본 적도 없이, 지금과 다른 생활을 하며 다른 생각들을 하고 있겠지.

내가 아프리카에서 태어났다면…. 원시 시대에 태어났다면….

어느 경우에도 보이는 것이 다르고 들리는 것이 다르니 지금의 당신 생활과 생각은 달라졌을 것이다.
몸뚱이의 감각 기관과 운동 기관을 통해 외부 세상을 만나 생각을 행동을 하게 되고, 생각의 모음인 마음은 계속 이렇게 저렇게 바뀌어가겠지.
그러면 이 생각들의 모음인 마음은 진짜 나일까?
이렇게 저렇게 항상 바뀌니, 한시라도 쉬지 않고 바뀌니, 상황에 따라 생각에 따라 바뀌는 이 마음 역시 이것도 나라고 할 수 없겠지.
차라리 이 마음을 만들어내는 뭔가가 나라고 할 수 있겠지.

지금까지의 요리조리 살펴봄에도
양자의 세계로 가든, 몸뚱이가 바뀌든, 다른 세상에 살든, 변치 않는 놈이 있는가?
맞다, 바로 이 몸뚱이를 굴리는 이놈, 이 마음 저 마음을 만들어내는 이놈, 보고 듣고 말하는 이놈, 이놈은 변치 않고 그래도 지금 여기 있다.
그런데 이놈이 어디에 있나?
찾을 수 없다. 그러면 없다고 하려니 지금 이 자리에서 몸뚱이를 쓰고 손을 들어 타이핑치고 눈을 들어 보고 있지 않은가….
어디에 있나? 차라리 찾는 것이 잘못된 건가?
형체가 있다고 생각한 게 잘못 아닌가?
있다 없다, 유와 무라는 이분법의 사고가 잘못된 게 아닌가?

넷째, 사실 감각 기관을 통해 세상을 나름대로 만들어낸다.

우리가 눈이 없으면 단풍이 없을 터이고 우리가 귀가 없다면 클래식 음악은 없다.

우리 눈이 엑스레이였다면 예쁜 피부와 맑은 눈이 없다.

하루살이에게는 어제와 내일이 없다.

조개에게는 좌우가 없고 상하만 있다.

바닷속 원시 생물에게는 상하좌우가 없다.

이렇게 감각 기관에 따라 세상이 달라지며, 세상을 만드는 것이다. 시간과 공간도 만들고, 여러 감각 기관을 굴려 세상을 만들며, 또 주입된 사고와 감정이 개입되어 세상을 색칠하기도 한다.

감각 기관이 나름대로의 시간과 공간을 만드니, 감각 기관을 쓰는 그놈은 어떠할까?

감각 기관이 있어, 감각 기관 때문에, 시간과 공간을 만들고 세상을 만드니, 그 감각 기관을 쓰는 이놈에게는 시간과 공간이 없는 게 아닌가? 어떠한 시간과 공간이라도 만들어낼 수 있으니….

우리가 아주 시끄러운 소리를 가지고 있다면 작은 미세한 소리를 못 들을 것이다. 또한 우리가 초록색 안경을 끼고 보면 초록색 사물을 초록색으로 볼 수 없다.

뭐라도 있으면 그게 걸려서 인식을 못 한다.

소리가 있다면 그 소리가 방해되어 온갖 소리를 듣지 못할 것이요, 빛깔이 있다면 그 빛깔이 방해되어 온갖 빛깔을 보지 못할 것이요, 냄새가 있다면 그 냄새가 방해되어 온갖 냄새를 맡지 못할 것이다.

하지만 그놈은 다른 수단이 생기면 다른 세계를 똑똑히 안다.

현미경을 통해 양자의 세계도, 시간망원경을 통해 별의 생기고 사라짐도 보고 알 수 있다.

우리는 온갖 감각 기관을 굴리며, 온갖 모습놀이를 이렇게 할 수 있으니, 그 자리는 빛깔도 소리도 냄새도 없는, 무엇이라도 없는 것이요, 없다고 하기에는 이렇게 작용하고 있으니 무엇이라도 있는 것이다.

유무의 앞 소식이니 유무를 만들고
생사의 앞 소식이니 생사를 만들며
세상의 앞 소식이니 세상을 만든다.

그놈이 지금 바로 여기 이 손을 굴려 타이핑하고 이 눈을 들어 모니터를 본다.

바로 보면
그놈은~가 없으니~하는 것이다.
절대성인 법신[31] 본래면목[32]이 상대성인 몸뚱이를 세상을 법을 지금 바로 여기서 굴리는 것이다.

절대와 상대의 다차원이 동시에 존재하는 것으로 이해하면 좋다.

함이 없이 하며

그러지 않으면서 그러하다.(절대를 보고 상대를 보면….)

보되 봄이 없고

듣되 들음이 없다.(상대를 보고 절대를 보면….)

나는 생사가 없이 생사를 굴리며

나는 망심이 없이 망심을 굴린다.

나는 몸뚱이가 없이 몸뚱이를 굴리며

나는 어떠한 생각도 없이 온갖 생각을 굴린다.

공적하여 텅 빔이요, 영지하여 온갖 것을 알고, 굴림이다.

생사가 없는 나

시공이 없는 나

유무가 없는 나

하고 안 함이 없는 나.

찾아봐도 나라 할 것은 없다 **03**

나라는 그 놈을 찾아가보자

나는 어릴 적이나 지금이나 항상 같은 나여야 한다.
나는 계속 나여야 하는데 이 몸은 계속 변하니 이 몸을 나라고 하기엔 문제가 있고, 또한 이 몸은 세포들의 덩어리이며 소위 음식의 찌꺼기로서 내가 부리는 도구이다.

변하는 것은 가짜이다. 추구할 가치가 없다.
왜냐면 변하는 것을 추구하면 찾자마자 도달하자마자 그 대상은 변해 있고 또다시 목표가 변하게 되고 또 변하고…. 끝이 없기 때문이다.
변하지 않는 것이 진짜이다.
입을 벌어 말을 하는 그놈, 눈을 들어 보는 그놈, 때리면 아픈 줄 알고, 소리 지르면 돌아보는 그놈은 몸뚱이가 아니다. 몸뚱이를 부리는 나의 정신 또는 성품이라고 하는 그놈은 따로 있을 터이고 변하지 않으니 진짜일 것이다.
내 몸뚱이가 자동차라면 나는 운전사이다.
나라는 그놈을 찾아가 보자.

어디 있을까? 어떻게 생겼을까?
몸뚱이가 시작된 그 시점으로 가면 찾을 수 있지 않을까?
좋은 생각이다.

탄생의 순간. 부모님이 나를 잉태하신 그 순간의 수정란!
수정이 갓 된 순간이 그 작은 극미의 세포가 나의 시작이 될 것이며 여기서 나를 찾아내야 한다.
이때의 나는 어떠한 상태일까?
나의 시작점에 보고 듣고 말하고 냄새 맡고 온갖 생각을 하고 재능을 보여주는, 나라고 생각하는 그놈은 어디에 있는가?
그놈이 그 조그만 수정란 세포 속에 들어 있는가?
어디에 있다가 그 조그만 세포 속으로 들어갔는가?
모든 것을 받아들이고, 아프리카에서 자랐으면 흑인 생활을, 조선 시대에 살았다면 조선 시대의 생활을 부렸을 그 무한한 가능성의 나가, 보고 듣고 말하고 냄새 맡는 나가 그 조그만 세포에 어떻게 들어 있을 수 있단 말인가?
수정하여 나의 몸이 시작될 시점에 그놈, 나의 성품은 어디에 있는가?

어디에?
어디에?
어디에?

아니다! 틀렸다!

나의 성품이, 그 가능성이 나의 시작점인 수정란에 있을 것이라고 찾아내려 하며, 나의 성품을 다른 것과 구분하여 나누려 하는 게 잘못되었고, 형체가 있는 것으로 생각한 게 틀렸다.

나의 성품은 진짜 그놈은 나의 수정란이
경계가 생겨나는 그 시점에 새롭게 태어나는 것이 아니다.
괜히 구분하고 나누려 하며 무엇을 찾으려 한 것이다.
본래 있는 그 자리가 내 몸이라는 환이 그냥 하나 만들어지는
그 순간부터 그 환을 받아들여 굴리기 시작하는 것이다.
이미 모두를 포함한 그 자리.
나의 몸뚱이를 넘어선 그 자리
빛깔도 소리도 냄새도 없는 그 자리.
몸을 굴리니 없는 것도 아니요,
찾으려 하면 못 잡으니 있는 것도 아닌 그 자리,
모두가 나인 그 자리인 것이다.
분별을 놓아라. 나누지 마라.
나는 나의 몸을 넘어서 있고 모두가 나다.

그 시작 세포는 모두가 나인 그 자리에서 부리는 수많은 도구 중 하나. 환상놀이의 하나, 가장 가까워 보이는 수단일 뿐이지 나가 아니다.

찾아봐도 나라 할 것은 없다 **04**

공적영지! 옳고 또 옳다

자신의 본마음, 참나는 알 수가 없다.
손이 자기 손을 잡을 수 없고, 눈이 자기 눈을 못 보는 것처럼, 아는 그놈을 알 수가 없다.
따라서 알 수 없는 참나를 알아채려면 요리조리 어떤지 궁리해보는 것도 좋다. 비록 지(知)로서 지(知)를 아는 것이지만….
이것은 우리가 원자를 보지 못하면서 다양한 흔적과 효과를 찾음으로써 원자의 존재를 알고 생활에 활용하는 것과 같다.

그 자리는 모양이 없다. 모양이 없으니 작은 것이 오면 작은 것을 알고, 큰 것이 오면 큰 것을 안다. 자신이 어느 모양을 가진다면 당장 한계를 가지고, 이처럼 온갖 모양을 알 수 없을 것이다.
또한 모양 아님도 아니다, 그래야 모양이 없을 때의 모양 아님을 알 수 있다.
따라서 모양도 모양 아님도 아니다.

그 자리는 색깔이 없다. 색깔이 없으니 온갖 색깔을 받아들이고 안다. 붉은색 파란색 검은색….

무색마저도 없다. 무색도 받아들여야 하니.

또한 색깔 아님도 아니다. 그래야 색깔이 없을 때의 색깔 아님을 알 수 있다.

따라서 색깔도 색깔 아님도 아니다.

그 자리는 소리가 없다. 소리가 없으니 온갖 소리를 듣는다.

적막마저도 없다. 그래야 조용함을 알 수 있으니.

소리 아님도 아니다. 그래야 소리 아님을 알 수 있으니.

따라서 소리도 소리 아님도 아니다.

그 자리는 냄새가 없다. 냄새가 없으니 온갖 냄새를 맡는다.

냄새가 없음도 알아차리니 냄새 아님도 아니다….

따라서 냄새도 냄새 아님도 아니다.

같은 방식으로, 그 자리는 촉감도 법도 없다.

온갖 촉감과 법을 굴리고 알아채니, 촉각이나 법이라 할 것도 없고, 또 아님을 알아채니 촉감 아님도 아니고 법 아님도 아니다.

촉감도 법도 촉각 아님도 법 아님도 아니다.

따라서 우리가 사물을 알고 굴리는 대상인 육진, 즉 모양 소리 냄새를 초월한 것이 그 자리다.

또한 그 자리는 모양인지, 소리인지, 냄새인지라고 할 것도 없다.
모양인 줄, 소리인 줄, 냄새인 줄 알려면 그러한 모양, 소리, 냄새의 경계조차 없어야 한다.
모양 소리 냄새의 구분이 없이 모두 통하고 응하는 자리다.
모양 소리 냄새 촉감 법이 아니고, 모양 소리 냄새 촉감 법이 아님도 아닌 그 자리.
따라서 이 모든 것을 가능케 하는 텅 빈 자리이며,
하지만 이 모든 걸 아는 똑똑한 자리이다.
바로 공적영지라는 말이 옳고 또 옳다.

어느 중이 물었다.
"학인이 처음 총림에 들어왔으니, 스님께서 들어갈 길을 제시해 주십시오."
"그대는 바깥에 흐르고 있는 시냇물 소리를 듣는가?"
"예, 듣습니다."
종일선사가 말했다.
"그것을 통하여 들어가거라."

– 『전등록』에서

찾아봐도 나라 할 것은 없다 **05**

유형과 무형?

유형은 모양이 있는 것이니
눈에 보이는 것
귀로 들리는 것
코로 냄새 맡아지는 것
혀로 느껴지는 것
촉각으로 느껴지는 것
마음의 대상이 되어 생각되는 것
즉 우리의 눈, 귀, 코, 혀, 몸, 마음에 걸리는 것은 모두 유형이다.
뭔가가 있으면 유형이다.
이 유형은 형체가 있으니 항상 변한다.
이 유형은 생겼다 없어지고
또 그 과정에서의 변화를 항상 동반하고 있다.
유형은 항상 변하고 없어지니 가짜다.

이에 반해 사람들은 무형은 그 유형의 반대편에 있다고 한다.
그리하여 유에서 무, 무에서 유로 순환이 된다고 한다.

따라서 우리의 사고방식은 유와 무로 나누며,
그중 특히 유를 더 중시하는 습성에 젖어 있다.
돈을 더 벌고, 더 오래 살고, 더 행복해지고….

그런데 무가 과연 '아무것도 없는 무' 인가? 아니다.
무가 완전히 철저히 아무것도 없다면
그 무에서 유가 나올 리가 없지 않은가!
아무것도 없다면 어떻게 무엇이 나올 수 있는가?
무는 아무 것도 없는 무가 아니고, 있다고도 없다고도 할 수 없는,
'유도 아니고 무도 아닌 것' 이 아닌가?
따라서 무형, 아무것도 없는 무는 없다.

'유도 무도 아닌 것' 은
찾을 수도 없고 걸리지도 않지만,
없다고 생각하면 엄연히 작용을 하며,
그 '유도 무도 아닌 것' 은 형체가 없으니 잡을 수 없고
없다고 하면 유를 만들어낸다.

'유도 무도 아닌 것' 은 형체가 없으니
이것이다 저것이다 구분을 못 하고,
경계가 없으니 어디서 어디까지라고 말할 수 없다.
이 '유도 무도 아닌 것,' 그 자리는 생기고 사라짐이 없으며,

무한한 가능성을 지닌 근원이다.
그 자리에서는 모두가 둘이 아닌 하나인 것이요,
형체가 없어 셀 수가 없으니 하나라고 할 수도 없다
그 자리는 하나, 아니 하나도 아니면서 모든 유를 만들어내고,
몸과 생물과 무생물, 산하대지를, 온 우주를 만들어내는 것이다.

그리고 그 '유도 무도 아닌 것',
있는 것도 없는 것도 아닌 것이 온갖 생각을 일으키고,
이 몸을 굴리며 인생사를 엮어가는 것이다.
온 우주를 만든 그 자리와 내 몸을 굴리는 그 자리는
둘 다 같이 '유도 아닌 무도 아닌 것'이니
하나,
하나도 아닌 하나인 것이며,
그것은 에크하르트 톨레[33]가 말한 '존재'이며,
마하르쉬가 말한 '브라만'이며,
불성이요, 바로 '참나'이며, '가능성'이다.

찾아봐도 나라 할 것은 없다 **06**

하나인가?

선릉 근처의 어린이집 놀이터를 보는데

어린애가 손을 살짝 든다.

손을 흔들었더니 활짝 웃으며 크게 손을 흔든다.

나와 어린이가 둘인가 하나인가?

얼음과 물이 근본을 보면 하나이듯,

자그마한 어릴 적 나와 커버린 지금의 나는 하나이다.

공부를 하든 놀든, 걷든 뛰든 나는 하나이다.

괴롭든 기쁘든 나는 하나이다.

생각이나 감정은 뭔가 바탕을 갖고 일어나지만 항상 바뀐다.

하지만 바뀌는 것을 빼고 근본을 보면 나는 항상 하나이다.

나에서 어린이로 확장해보자.

나의 큰 몸, 그 아이의 작은 몸. 둘 다 바뀌는 것이니 빼자.

나의 회사 일 생각, 그의 간식 생각. 바뀌는 것이니 빼자.

나의 즐거운 감정, 그의 즐거운 감정. 바뀌는 것이니 빼자.

나의 기특하다는 생각, 그의 누구신지 하는 생각.

변하는 것이니 빼자.
이렇게 변하는 것과 바뀌는 것을 계속 빼나가 보자.
겉으로 보이는 것, 변하는 것을 나와 그, 둘에게서 다 빼면 무엇이 남는가?

진실을 알기 위해 내 눈의 능력에 제한받지 않도록
무한한 능력의 새로운 감각 기관을 달아보자.
그의 몸과 나의 몸은 지금은 따로 나뉘어 보이지만,
눈을 시간의 망원경으로 만들어 보면
둘 다 죽어서 분해되어 거름이 되며 한 덩어리가 되었다가
따로 떨어져 세상의 양분이 된다.
눈이 시간의 현미경이 되어 보면
그의 몸 세포 분자 원자가 1초에 수천 번 바뀌며
나의 몸 원자 분자로 교환된다.
무엇으로 따로 구분될 수 있는가?
사람의 감각 기관의 한계가, 착각이, 습관이
그의 몸과 나의 몸을 둘로 나누는 것 아닌가?
이제 두 몸이 하나이니 다른 차원을 또 살펴보자.

내가 하늘의 구름을 보고, 그도 하늘의 구름을 본다.
내가 차가우면 차갑고, 뜨거우면 뜨거운 것을 알듯이,
그도 차가우면 차가운 줄 알고, 뜨거우면 뜨거운 것을 안다.

내가 배고프면 밥 먹고 물 마시듯,
그도 배고프면 밥 먹고 물 마신다.
이렇게 할 수 있는 그 자리!
인연에 따라 경계에 따라 변화하는 생각과 감정은
서로 다르게 보이지만, 그 근본자리는 똑같은 하나이다.
그와 나는 하나가 되고, 하나라고 할 수도 없는 그 자리!

한 번 더 나아가보자.
어린이집 나무 장난감과 나는 하나인가 둘인가?
나의 몸도 변하고 나무 장난감도 변한다.
그 나무가 썩어 거름이 되고 곡식이 되어
사람의 몸이 될 수 있듯이
나의 몸도 썩어 거름이 되고 양분이 되어 나무가 된다.
둘의 형상은 다르지만 둘 다 바뀌는 것이니 빼자.

둘의 원자 분자를 원인추적하면 바로 같은 소립자,
또는 소립자의 근본 원인으로 귀결된다.
따라서 서로 달라 보이는 형상은
지금의 감각 기관의 한계에서 온 것이니 빼자.
그러면 근본에서는 둘이 아니다.

나의 감각 기관을 통해 인식을 하기에 장난감이 생긴다.

우리가 장님이었다면, 감각을 느끼는 신경이 없었다면
그 장난감은 존재하지 않는다.
우리의 눈이 수억 배 비율의 초현미경이라면 장난감과
몸 대신에 소립자의 세계, 나아가 빈 공간의 세계,
하나의 구분되지 않는 세계만 볼 것이다.
또한 물질의 근원인 원자핵과 전자도 고정되지 않고
나타났다 사라지는, 가능성의 존재이며,
물질은 비로소 사람의 인식에 의해 그 자리에 생긴다.
물질은 의식의 흐름에 불과하다.
의식이 없으면 물질은, 이 세상은 없다. 의식이 세상을 만든다.
내가 그 장난감을 만든다. 내가 있기에 물질은 존재한다.
그래서 그 장난감은 나와 하나이다.

나의 이전과 지금이 하나이듯이
나와 어린이가 하나이듯이
나와 나무 장난감이 하나이듯이
이렇게 참구해보면 모두가 하나가 되듯이

모두가 하나가 되고, 하나라고 할 수도 없는 그 자리!
온갖 변화와 환상놀이를 할 수 있는
무한 잠재력의 영지한 그 자리!
무엇이든 받아들이고 만드나 하나도 걸림이 없는 공적한 그 자리!

찾아봐도 나라 할 것은 없다 **07**

그렇다, 또 그러하다!

눈에 서서히 배율을 높여가며 초현미경을 달아 내 몸을 살펴보자. 몸이 전체 시야에 꽉 차고, 서서히 세포가 시야에 꽉 찬다. 더 나아가면 분자, 원자가 나타나고 이어서 원자핵과 전자, 양자와 중성자가 보인다. 더욱 배율을 높여가면 원자의 근원인 소립자 쿼크가 나타나고, 또 그 쿼크의 근원으로 간다. 한없이 계속 또 가면 거기에는 '유도 무도 아닌 시초 근원' 이 있을 것이며 색도 아니고 공도 아닌 허공과 같이 될 것이다.

그 현미경의 배율 상태로 눈을 돌려 다른 사람이나 몸 밖의 주변 사물을 보라. 무엇이 보일 텐가?
맨눈으로 보던 나와 남, 나와 사물의 경계선과 구분은 없고, 똑같은 하나의 허공만 보일 것이다.
지금 나는 온 사방에서 하나의 허공만 볼 수 있고 허공뿐이다.
그러면 지금 아웅다웅하는 나, 나의 것, 재물, 욕심의 대상은 어디로 갔는가? 어떻게 되는가?
나는 그대론데 욕심의 대상은 어디로 갔는가? 나는 그대론데 탐진치의 대상은 어디로 갔는가?
몸에 달린 눈이 이 배율이기 때문에 생긴, 진짜가 아닌 가짜의 환영의 놀음놀이에 빠져 있었던 것이 아닌가?
배율이 조금만 다르면 달라졌을 지식과 경험들. 수많은 가능성 중의 하나인 이 배율로 인해 생겼을 뿐인 지식과 경험, 환상놀이. 그 사소함! 그 아무것도 아님!

그렇다! 눈의 배율이 어떻든, 몸뚱이로 보다가 허공으로 보는 그놈은 여전하다. 그대로다. 이 환을 보는 그놈은 환이 아니다. 지금 여기에 있다.

눈에 서서히 멀리 보이는 배율을 높여가는 초망원경을 달아 내 몸과 멀어져가며 내 몸을 살펴보자.
지금 눈의 위치에서 보이는 내 몸, 1미터 떨어지며 보는 내 몸, 100미터 떨어지며 보는 내 몸. 점점 작아져 보인다. 1킬로미터, 지구 끝, 태양계 끝, 은하계 끝에서 보자. 더 1광년 거리, 100광년 거리에서 내 몸을 계속 보고, 한없이 계속 또 가서 보자. 내 몸이 어떻게 보일까?

유도 아니요 무도 아닌 보이지 않는 상태, 허공과 같이 보일 것이다. 이 지구의 너와 나, 모든 사물, 산과 바다, 모든 경계가 허공과 같이 보인다. 맨눈으로 보던 나와 남, 나와 사물의 경계선과 구분은 당연히 없고, 똑같은 하나의 허공 같은 모습이 될 것이다.
지금 나는 온 사방에서 하나의 허공만 볼 수 있고 허공뿐이다.
그럼 이 지구 상의 지금 아웅다웅하는 나, 나의 것, 재물, 욕심의 대상 모두가 어떻게 되는가?
나는 그대론데 욕심의 대상은 어디로 갔는가? 나는 그대론데 탐진치의 대상은 어디로 갔는가?
역시 몸에 달린 이 눈이 딱 이렇게 보이는 기능을 갖고 있기에 생긴, 진짜가 아닌 가짜의 환영의 놀음놀이에 빠져 있었던 것이 아닌가? 그 사소함! 그 아무것도 아님!

그렇다! 눈의 기능이 어떻든, 몸뚱이를 보다가 허공으로 보는 그놈은 여전하다. 그대로다.
이 환을 보는 그놈은 환이 아니다. 이런저런 환을 만들어 보는 그놈은 여전하다. 지금 여기에 있다.
그렇다 또 그러하다.

찾아봐도 나라 할 것은 없다 **08**

나에게 시공간이 없는 이유 7가지

이 변하는 몸뚱이를 굴리는 놈,
지금 여기서 보고 듣고 말하고 타이핑하는 놈.
이놈에게는 시간과 공간이 없다. 시공간이 없으니 태어나고 죽음이 없다. 너와 나의 경계가 없이 허공과 같다.

첫째, 감각 기관 이전의 무엇이기 때문이다. 사람은 눈 귀 코 혀 등의 감각 기관으로 보이고 들리고 냄새 맡고 맛이 있는 형체를 만든다. 그 형체가 만들어지면서 공간이, 변하면서 시간이 만들어진다. 감각 기관이 없으면 시간과 공간이 있을 수가 없다. 다른 생명체의 나름대로의 감각 기관은 또 다른 나름의 시간과 공간을 만든다. 물 위의 소금쟁이에게는 이차원만 있으며 하루살이에게는 내일이라는 시간이 없다. 그 감각 기관을 부리는, 그 감각 기관을 통해 나름의 시공간을 만드는 놈은 시공간을 만들기 '이전' 이니, 감각 기관 이전의 나에게는 당연히 시간과 공간이 없다.

둘째, 감각 기관을 통해 이것저것을 다 받아들이기 때문이다. 유

와 무를 받아들이니 그놈은 유무의 이전이고, 크고 작은 것을 받아들이니 그놈은 크고 작음의 이전이요, 생과 사를 받아들이니 생과 사의 이전의 놈이다. 온갖 색을 받아들이니 색깔 이전의 놈이다. 내 눈과 귀는 TV라는 수단으로 먼 세상의 영상을, 소리를 듣는다. 내 눈이 양자현미경을 통해서 양자의 세계를 받아들이고, 천체망원경을 통해서 온 우주의 소식을 받아들인다. 뭐든 모든 것을 받는다. 그러하니 그놈은 아무것도 없는, 시공간도 없는 허공과 같다. 뭐라도 있다면 그게 걸려서 모든 걸 받아들이지 못할 것이기 때문이다. 하지만 어떠한 시공에서의 어떠한 것이나 받아들이는 놈이 있다. 형체가 없는 가능성의 무엇이다.

셋째, 또한 이것저것을 다 만들기 때문이다. 나름의 감각 기관을 통해 예술을 하고 음악을 하고 건축을 하고, 몸뚱이를 고치고 비행기를 만들고, 꽃도 만들고 별도 만들고 달도 만든다. 내 눈이 엑스레이라면 빨간 장미꽃은 없고, 양자물리학의 현미경 눈이라면 별도 없고 달도 없는 캄캄한 세상만 있을 것이니 내 감각 기관을 통해 이런 것들을 다 만든다. 이 몸뚱이의 감각 기관들을 통해 지금 만드는 이런 모양의 보이고 들리는 물체를 만들 수 있고, 또는 감각 기관의 연장 도구인 망원경 현미경을 통해 새롭고 다르게 보이고 들리는 물체를 만들 수 있다. 우주선 속이든 잠수함 속이든 원시인이든 문명인이든 그 상황의 감각 기관을 통해 또한 보이고 들리는 물체를 새롭고 다르게 만들 수 있다. 내게 시공간이 있어 어떠한 제한이라도 있다면 불가능하다. 하지만 우리가 만들 수 있고 보고 들을 수 있는 것들은 무한이다.

넷째, 몸뚱이는 변해도 생각하는 놈은, 몸뚱이를 부리는 놈은 불변이다. 어릴 적 내 몸뚱이의 세포나 기관이 다 변하고 다 없어지고 하였는데도 나는 그대로 나다. 몸뚱이가 변해도 보고 듣고 말하는, 찌르면 "아야~" 하는 그놈은 변한 게 없다. 대상이나 작용이 변하여도 변한 것은 없다. 변하는 몸뚱이를 부리는 놈은 변치 않으니 형체가 없다, 형체가 없으니 시공간이 없다.

다섯째, 그놈은 유형의 온갖 것을 만들어내고 받아들이고 놀음놀이를 하면서도 또한, 마음이라는 작용을 통해 무형의 온갖 생각을 또 만들어낸다. 보이지 않는 생각들. 하루에 몇천만 번 만들고 지우는 생각들. 여기 생각을 하다 저기 생각을, 이 생각을 하다가 저 생각을 한다. 이 생각들은 물체의 인지에 영향을 준다. 아는 만큼 받아들이며 지식과 전문성이 새로운 발견을 해낸다. 무형이 유형과 어울려 세상을 덧칠하여 해석을 만든다. 그 생각들을 만드는 나는 무한한 생각의 근원이다. 온갖 생각을 만드니 무한이며 무한은 형체가 없다. 형체가 없으니 시공간이 없고 태어남과 죽음이 없다. 재밌고 신기하다….

여섯째, 아무리 찾아봐도 없다. 몸뚱이의 시초인 수정란에서부터,

변하고 또 변하여 좀 늙은 이 몸뚱이에 이르기까지….
보고 듣고 생각하는 이놈이 그 어디에 어느 속에 계속 붙어 있나?
하지만 아무리 변해도 그 변화를 알고 몸뚱이를 굴리고 부리는 그 놈은 여전히 있다. 아무리 변하는 속에서 찾아보려 해도 그것들의 속에 있을 수 없다. 모두 변해버리니….
아무리 어디 찾아봐도 없으니 형체가 없다. 하지만 몸뚱이를 쓰는 그놈은 있다. 그놈에게는 시공간이 없다.

일곱째, 나의 몸뚱이를 굴리는 놈이나, 너의 몸뚱이를 굴리는 놈이나 감각 기관을 굴리는 그놈은 같은 작용을 한다. 티코나 그랜저처럼 자동차 크기와 성능의 차이일 뿐 운전하는 놈은 똑같다.
확장하면 나와 생물도, 나와 외계인도 그러하다.
따라서 그놈은 공간을 초월한 무엇이다.
원시 시대에 태어났다면, 조선 시대에 태어났다면 지금과는 환경과 생각이 다를 뿐 몸뚱이의 감각 기관을 굴리는 놈은 같다.
따라서 그놈은 시간을 초월한 무엇이다. 시간과 공간이 없다.

그렇고 그러하니….
몸뚱이를 지금 굴리고 있는 그 놈, 참나에게는 시공간이 없다
시공간이 없으니 생사가 없고 경계가 없다.
무한이요 공적영지다.

찾아봐도 나라 할 것은 없다 **09**

역시 나라고 할 만한 것이 없다

하늘의 구름에서 비가 내리면 그 빗물이 흘러 개울과 강을 만들고, 강들이 흘러 모여 바다가 되고 바다에서 증발하여 하늘의 구름을 다시 만든다.
몸이 땅에 묻혀 썩으면 거름이 되고, 그 거름은 배추가 되고, 그 배추는 사람의 입에 들어가 몸뚱이를 만든다.
순환이 일어나고 하나가 되는 산하대지라는 자연의 뭉치 가운데, 나라고 할 만한 것은 없다.

눈과 귀, 손과 발, 위장의 세포, 신경세포, 적혈구, 백혈구 들이 함께 영양분을 만들고 근육을 만들며 하나의 세계를 만들어 서로 작용을 한다.
순환이 일어나고 하나가 되는 육신이라는 세포의 뭉치 속에, 나라고 할 만한 것은 없다.

자연의 뭉치와 세포의 뭉치들이 합하여 견문각지라는 새로운 뭉치를 만든다.

견문각지는 다시 서로 작용하고 쌓이고, 지식 경험 감정이라는 덧씌움은 생각의 덩어리인 마음을 만든다.
덩어리에서도, 덩어리들의 결합에서도 나라고 할 만한 것은 없다.

이러한 순환과 상호작용, 결합의 하나 된 환상세계 속에서 따로 독립된 그 무엇은 있을 수 없다.
당연히 이 세상에서 특별히 뭘 붙잡고 나라고 할 수가 없다.

역시 나라고 할 만한 것은 없다.

찾아봐도 나라 할 것은 없다 **10**

왜 자신이 자신을 찾으려 하는가?

왜 자신이 자신을 찾으려 하는가?

자신의 눈을 자신이 못 본다.
보는 기관이 자신인 기관을 대할 수 없으니 볼 수가 없다.
하지만 눈앞의 사물이 들어오니 자신의 눈이 있음을 확인한다.

자신의 마음도 자신이 알지 못한다.
아는 그놈이 스스로를 대하며 알 수 없으니.
또한 모양도 빛깔도 소리도 없으니 더더욱 알 수 없다.
하지만 그 마음이 지금 명명백백하게 작용하고 있다.
텅 빈 채로 영지하여 거울처럼 반응하며
온갖 것을 보고 듣고 말하고 있으니 마음이 확인된다.
안심이다.
마음이 바로 여기 작용하고 있으니 따로 다시 찾을 필요가 없다.

사람들은 밖에 뭐가 있는 것처럼 외부로 찾아 헤맨다.

얻은 것은 나중에 반드시 사라지니 추구할 바는 못 된다.
모습 있는 것은 반드시 변하고 결국 사라지니 기댈 게 못 된다.
본래 있지 않는 것, 변하는 것은 기댈 게 못 된다.
원자 분자로 된 사물은 자꾸 변하니 믿을 게 못 된다
세포 덩어리인 몸뚱이도 시시각각 변하니 나도 아니며 나의 것이 될 수 없다.
감각 기관과 어우러진 지식과 감정, 생각도 순간마다 변하니 믿을 게 못 된다.
생각들의 덩어리인 마음도 자꾸 바뀌니 내버려두어야 한다.
그러므로 믿을 수 없는 것들을 놓고 놓아라.

변한다 놓아라.
순간이다 놓아라.
꿈속이다 놓아라.
환이다 놓아라.
다 놓고 놓은 그 자리
유와 무를 떠난 그 자리
모습을 비우면 저절로인 그 자리.
그 자리는 찾지 않아도 이미 있다.

그 자리는 빛깔도 소리도 냄새도 없지만
지금 보고 듣고 말하고 냄새 맡고 손으로 잡고 발로 돌아다닌다.

그 자리는 본래 나고 죽음이 없다. 한 번도 태어나지 않았고 죽지도 않았다.

그 자리는 본래 구족하여 모든 것을 다 갖추고 만법을 굴린다.

그 자리는 본래 청정하여 빈 듯 공적하니 흔들림이 없다.

그 자리는 본래 시간과 공간이 없이 무한하며 온 세상을 만들고 환의 세상을 굴린다.

그러면서도 새삼 새로이 어디서 온 것도 아니며 항상하다.

찾지 마라.

비워라. 아니 비우지도 마라.

그냥 그대로 나타난다.

안심이다. 든든하다.

이렇게 쉬운 것을….

찾아봐도 나라 할 것은 없다 **11**

어떻게 해도 나를 벗어날 수 없다

이 세상, 이 마음, 이 행동,
온 우주 지구 산하대지 하늘,
눈에 보이든 안 보이든, 허공의 끝없는 변화.
그리고 그 많은 생명체와 생명체들의 환상놀이와 생각 느낌 의지, 인식 행동….

그 모두가 나의 그 자리에서, 형체가 없는 무한한 가능성의 자리에서 나타났으며 해의 햇살처럼, 발전소 전깃줄에 이어진 전기처럼, 큰 수도관의 수도꼭지들처럼, 타이어 공기의 여러 구멍처럼 나의 그 자리에 뿌리를 두고 있으며 하나로서 젖어 있고 그냥 하나이다.

그리고, 만든 환의 세계는 나툼이 일 초도 머물지 않으면서도 나를 벗어날 수가 없다.
어떠한 변화도 나의 한 부분, 그대로 나인 것이다.
아무리 벗어나려 해도 나를 벗어날 수 없다.

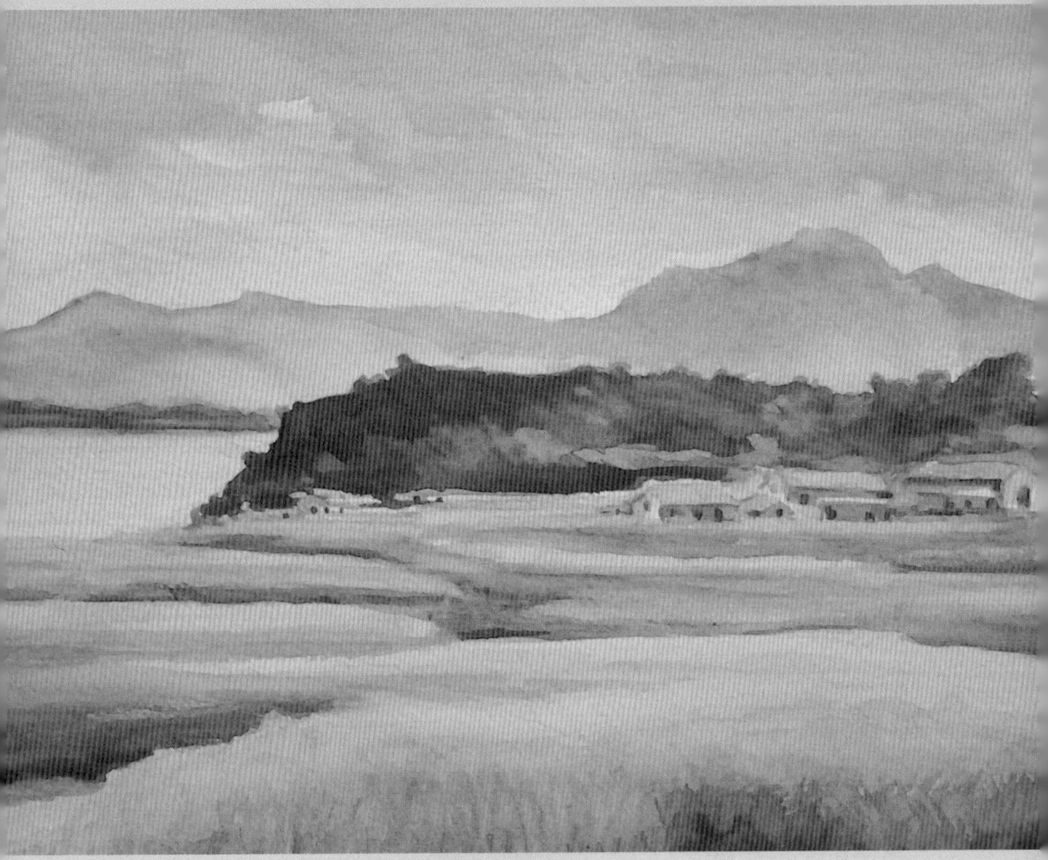

CHAPTER 6
수행

수행 01
마음을 쉬려면…

마음을 쉬려면,

모든 것이 허망하고 부질없음을 알아야 한다.

다가오는 세상일이 너의 일이 아닌,
온 우주의 인연임을 알아야 한다.

생사가 따로 없음을 알아야 한다.

그 모든 것이 다 내가 만들고 지우는 것임을 알아야 한다.

더할 게 없는 그 자리는 항상 각(覺)하고 있다.

수행 **02**

집착을 버리면 풍요로움이…

숲길 등산로를 급히 걷다가
갑자기 주변의 나무와 꽃들이 섭섭해할 거라는 생각이 들었다.
아! 너희가 여기 있었는데 모르고 급히 달려가기만 했구나!
이름 모를 작은 풀, 가지가지 모양, 색깔, 이파리들, 낮은 나무, 높은 소나무….
느껴보니 다르다.
어울림, 동질감, 하나 됨, 포근함, 여유, 풍요로움.
모습놀이 일상생활에서도 급히 달리려고만 하지 않았는지 돌아본다.

남보다 잘나고 성공하려는 집착을 가지고
주변에 눈을 막고 달리는 건 아닌지.
목적지로 달리는 데 바빠서 주변의 경치를 못 느끼는 건 아닌지.
돈을 빨리 많이 모으려 하니 준비나 진행 과정의 즐거움, 머뭇거림의 기다림, 주변 사람의 고마움들을 못 느끼고 안달하기만 한다.
자식이 빨리 1등을 해야 하니, 같이 식사하는 즐거움, 부쩍 크는 키, 대견스러운 행동, 성숙해지는 모습 들을 충분히 즐기지

못한다.

집착과 조급함을 조금씩이라도 더 벗어나 풍요로움을, 과정의 즐거움도 주변의 아름다움도 느끼자.

항상 판단하려 하고, 이 방향이 아니면 안 되는 것으로 생각하고, 습관에 매여 있고, 조급해하는 나를 벗어나….

나의 느긋한 게으름도, 항상 지나치던 길가의 작은 꽃도, 주변 사람들의 아름다움도, 새로운 일들의 즐거움도, 밀리는 차창의 경치도 풍요롭게 느껴보자.

집착을 버리면 풍요로움이 다가올 것이다.

출렁이는 파도에서 벗어나 묘용의 큰 바다를 즐길수 있을 것이다.

수행 **03**

3단계로 살펴보라

첫째, 이 몸뚱이는 변하는 세포 덩어리 도구요,
진짜 나는 보고 듣고 말하는 이놈이다. 확실하다.
따라서 이 몸뚱이를 나라고 애지중지함이 헛되다.
나의 것, 나의 가족, 나의 소유, 명예 집착….
모든 생각과 바람도, 쌓인 마음도 진짜가 아니다.
몸뚱이의 감각 기관으로 인해 생긴 시간과 공간도 진짜가 아니다.
또한 몸뚱이가 나가 아니니 몸뚱이의 사그라짐은 나의 죽음이 아니다. 생사가 없다.
니는 형체가 없으니 너와 나의 경계가 없다. 모든 생명이 하나이다.

둘째, 그놈이 감각 기관을 통해 세상을 만든다. 이미지로 세상을 만든다. 놀음놀이요 환상놀이다. 만든 그놈은 비어 있기에 영특하기에 모든 것을 만들고 분별한다. 시간과 공간을 두어 하늘과 태양과 산하대지와 너와 나를, 아메바로부터 우주를, 끝없는 온 허공의 환을, 변화를 만든다.

셋째, 하지만 그 자리에서는 하되 함이 없다. 보되 봄이 없다. 듣되 들음이 없다. 아니면서 하나이다. 금이 금반지인 것처럼….

이렇게 명확한데도
이전의 습이 남아 있다.
닦을 것이 없지만
새삼 수행이 필요하다.

네가 만든 인연의 세상을
마음 턱 놓고 즐겨라.

원, 몸뚱이가 나가 아님
투, 진짜 나가 온 세상을 만듦
쓰리, 만들되 만듦이 없음.

수행 **04**

바라는 일의 4가지 오류

이렇게 되었으면 좋겠다. 이렇게 되어야 할 텐데….
그렇게 되면 안 되는데….
살면서 이런저런 바람과 조마조마함, 좋고 싫음과 기대가 생긴다.

가만히 보면 여기에 4가지 오류가 있다.

첫째, 구분의 오류이다
나라는 개체를 따로 있다고 구분하고,
따로 있는 그 존재를 위해 어떻게 되어야 좋다는 생각을 하며
희로애락을 펼친다.
모두 하나이고 모두가 나다.
그 자리에는 더 얻을 것도, 더 나아질 것도, 나빠질 것도 없다.
그냥 하나인데 구분하여 너와 나의 분별을 일으키고,
이미 다 갖추었고 무한의 존재인데 뭘 얻으려 한다.
따로 구분된 그 존재의 소유는 없다.

둘째, 인과, 인연의 오류이다

원인과 씨앗을 무시하고 지금에서 한 생각을 일으키며 무엇을 바라고 있다….

환에서 다가오는 일도 온 우주의 인연으로 온다.

지금의 한 생각에 갑자기 오는 것이 아니다. 수많은 인연이 모여 도도히 흘러가고 있는 것이다.

지금의 강의도 머리와 지혜, 시간과 건강, 협상 공부, 온라인 회사 등등 인연이 모여서 흘러가는 것이다.

그냥 편히 하라.

셋째, 이러면 좋겠다는 그 생각이 또 바뀌는, 기준의 오류이다

현재의 생각, 주입되고 쌓여온 경험과 지식, 분위기에서 나오는 생각, 그 생각에 의해 생기는 바람. 환의 세계에서 한 치 앞을 못 보는 새옹지마, 전화위복.

어떤 일이 정말 좋은지 한 치 앞을 모르는 상황에서의 바람이고 생각이다.

그러다 욕망이 채워지면 바람이 또 바뀌고, 안 채워져도 바람이 또 바뀌고…. 믿지 못할 그 기준에 매달려 울고 웃고 한다.

넷째, 시간의 오류이다 미래에 어떻게 되어야 한다는 설정.

사실은 미래가 없다. 현재 과거 미래가 따로 없다. 실상을 보면 본래는 시간이 없다.

단지, 감각 기관이 느끼는 변화에서 시간의 흐름을 지어내고, 공간을 만들어낸다. 따라서 과거 현재 미래의 시간을 중첩시켜 한 장면으로 만들어보면, 지금 이 자리에서 슬프기도 기쁘기도, 화나기도 좋아하기도, 어릴 적도 어른인 지금도, 움직임도 머묾도, 가고 옴도, 생과 사도 모두 한 장면으로 겹쳐진다.
거기에 좋고 나쁨이, 가고 옴이 모두 하나 속에 녹아들어 간다.
좋고 나쁨이 따로 없다.

그렇고 그러하니
환인 시간놀음에서도 시간을 없애보면
그 환의 세상에 이것저것이 겹쳐지며
온갖 색이 모여 하양이 되는 것과 같구나.
그 하양 속에서 온갖 색깔이 인연에 따라 하나씩 펼쳐지는 세상이구나~ 하양에 너와 나가 없고 이것저것이 없으니 무한한 내가 이런저런 인연을 펼치는구나~.

모두가 하나,
시간의 중첩, 온 우주의 인연
이렇게 살펴보고 합쳐보니
그냥 무한의 나로구나.
무한의 가능성과 환상놀이구나.

수행 05

누구도 너를 괴롭힐 수 없다

혜가스님이, "나의 근심을 없애주십시오."

달마대사가, "내놔 봐라."

"찾아보니 어디에도 없습니다."

"이미 너를 편안케 하였다."

–『전등록』

이렇게 간단히 해결이 되면 좋으련만. 요즘 현대인들은 이러쿵저러쿵 분별과 망상의 습관이 더욱 쌓여 이러기 힘들다. 좀 더 논리적으로 스스로에게 되새기며 해결해나가야 하는 상황이다.

우선 걱정 근심은 "내 몸이 어떻게 되어야 하는데…." "내 생각대로 되어야 하는데…." "남보다 뭐가 잘되어야 하는데…."라고 하며 그렇게 안 되면 걱정이고 고통이며 그렇게 되면 안심이고 기쁨이다. 따라서 이 뿌리를 해결해야 한다.

우선 몸을 보자.

이 몸은 세포 뭉치로서 수시로 바뀌고 진짜 나가 아니다. 나와 가장 친하고 가까운 수단이요 도구일 뿐이다. 이 몸이 아픈 줄 아는 놈은 아프지 않다. 이 몸이 늙은 줄 아는 놈은 늙지 않았다. 눈이 더 잘 보였으면 하는 놈은 잘 보이고 안 보이고 하는 앞 소식이다. 이 몸이 참나가 아니니 몸과 관련되어 생겼던 '이 몸의 소유물'을 키우려 하고, 돈을 더 벌려고 하고 자존심 차리고, 처자식을 더 잘되게 하려 하고, 그 과정에서 되니 안 되니 아웅다웅하는 게 망상의 행동이 되고 만다.

생각대로 되어야 한다는 것은

생각대로 되면 꼭 미래가 행복해지고, 모든 다른 것들도 원하는 대로 되리라는 전제하에 바라는 것이다. 사실은 어떤가? 생각이 그리 똑똑한가? 바라는 대로 되기만 하면 만사형통이었던가?

어린 시절 사탕을 실컷 먹고 싶었던 것, 제발 학교 시험 좀 안 쳤으면 하던 것이 생각대로 되었다면 이빨이 남아 있지 않았을 테고, 대학에 가지도 못했을 것이다!

짚신 장사를 하고팠는데 생각대로 안 되어 어쩔 수 없이 우산 장사를 했는데 때 아닌 장마로 대박을 터트리는 것과 같은 주변의 많은 사례들…. 한 치 앞을 못 보는, 망상과 편견에서 오는, 순간적인, 그리 폭넓게 고려하지 못한 바람이나 생각들이 아닌가?

그리고 바라는 대로 된 후는 얼마나 오래 행복했었던가? 충족되는 순간 또 새로운 갈애가 생기고 허망한 욕망의 굴레에 매여 헤어나지 못하는 우리의 또 다른 생각들…. 바라는 대로 생각대로 되면 영원히 행복해지고 마음이 편해지는 것은 아니다. 게다가 세상의 일, 육신의 일은 인과의 법칙으로 수억 년 전부터의 원인들이 지금 여기에 다가오는 것인데 억겁에 쌓여온 인연들을 지금의 조그만 몸의 한때 생각으로 어떻게 하겠다는 것인가?

남보다 잘되어야 한다는 것은
자신과 남의 경계가 있다는 전제가 있다. 우리는 나의 몸과 주변에만 매여 있는 것이다. 한 생각 벗어나 되돌아보면, 내가 이 세상을 다 만든다. 온 세상이 나의 것이다. 능(能)과 소(所)[34]가 하나 된, 주(主)와 객(客)이 하나 된 그 자리에서 당연히 나와 너가 하나이며 나와 너의 경계는 없다. 너는 이 자리에서 이 순간을 살면서 자신을 제한하고 있으며, 알고 보면 괜히 스스로 만든 망상과 집착의 그물에 매여, 자기가 만들고 자기가 벗어나려 몸부림치는 황당한 일을 하고 있다.

지금 걱정하는 생각들을 이렇게 찬찬히 따져보라.
누구도 너를 괴롭힐 수 없다!
수시로 다가오는 망상과 집착들, 다생에 걸쳐온 습기들을 자신을 되돌아보며 한 생각 돌려 닦아라. 회광반조[35]하라.

너는 한 번도 태어난 적도 죽은 적도 없으니 죽음이 너를 침범하지 못하며, 나와 나, 너의 것과 나의 것의 구분이 없으니 재산 명예 권력을 구함에 집착이 없을 것이요,
생각이 망상임을 알기에 생각대로 되지 않아도 그냥 인연으로 알고 여여하게 삶에 구애가 없을 것이요,
그 자리! 생사도 열반과 번뇌도 없고, 너와 나도 없는, 그 모든 것을 만드는, 능(能)과 소(所)가 따로 없는 그 자리에서 그 무상(無上)의 도(道) 속에서 지금까지 살아왔고 또 앞으로도 그럴 것이니, 그냥 편안히 머무르며 안심하기만 하면 된다.

앞산에 보름달이 휘영청하구나!

수행 **06**

생각이 드나들 때 곧바로 각하라!

소위 깨닫는다는 것은
변하는 삼라만상이 아닌
변하는 이 육체가 아닌
변하는 내 생각이 아닌
변하는 습성인 마음이 아닌
자신의 바탕을 아는 것이다.
자신의 진아, 참나를 아는 것이다. 또한,
변하는 것을 붙잡고 아웅다웅, 일희일비 집착하지 않는 것이다.
하나하나의 행동과 생각마다 참나를 지각하면서 하는 것이다.

몸뚱이를 굴리는 한,
물질의 법칙에 인과의 법칙에 따라 습성이 있고,
습성은 참나를 알든 모르든, 환임을 알든 모르든,
수시로 끊임없이 드러낸다.
견문각지, 희로애락, 분별망상은 습관처럼 들락거린다.
어떻게 하는 것이 좋을까?

에크하르트 톨레가 말한 것처럼,

한 생각이 들 때마다, 지켜보는 방법이 있다.

참나의 입장에서 분별이 없이 집착이 없이….

사실 분별이나 집착은 나를 위하여

좋다 나쁘다의 분별과 집착인데, 참나가 온 우주임을, 무한임을,

모든 것을 만들었음을 안다면,

나의 소유와 경계가 당연히 스르르 녹아 없어지고,

나를 위한, 나의 소유를 위한 시비분별이 저절로 없어진다.

비결은 참나를 지각하며,

드나드는 생각에 빠지지 않는 것이다.

세상살이의 생각과 집착에 빠질 때마다 곧바로 알아차려라!

생각하는 이놈은 누구인가?

너는 누구인가?

수행 07

마음놀이를 하면서…

"죽는 것을 기뻐하라, 태어남이 올 것이기 때문이다.
태어남을 슬퍼하라, 죽는 것이 올 것이기 때문이다."

–지유스님

세상의 마음놀이에서 뭘 좋아하고 기뻐할 것인가?
하지만 그 좋아하고 기뻐하는 일은
상대적으로 싫어하고 슬픈 일이 있기 때문이다.
항상 좋은 일만 있어봐라. 기쁘겠는가? 좋은 줄을 모르니….

마음이 기쁘고 좋으면 곧 안 기쁘고 안 좋은 마음이 올 것임을 알라.
왜 좋은 일만 생기고 기쁜 일만 생기지 않느냐고 하지 마라.
비교가 되어야 기쁘고 슬프니
이 좋고 싫음의 둘이 있어야 마음이 생긴다.
둘은 항상 함께 다닌다.

나쁜 일이 생기면 바로 '좋은 일이 생기려나 보다' 하라.
괴로운 일이 생기면 바로 '기쁜 일이 생기려나 보다' 하라.
좋은 일이 생기면 바로 '나쁜 일이 생기려나 보다' 하라.
기쁜 일이 생기면 바로 '슬픈 일이 생기려나 보다' 하라.

마음의 생리가 그러하고 작용하는 원리가 그러하다.
싫어하는 마음은 싫어하는 마음이 아니기에 싫어하고
좋아하는 마음은 좋아하는 마음이 아니기에 좋아한다.
그 자리의 무한함은 상대성을 만들어 굴리지만
우리는 깜박 잊고 빠져든다.

그러함을 알면
환의 세상에서
기쁨과 슬픔에, 좋고 나쁨에 빠져들지 않고
초연히 강 건너 불 보듯
동요함이 줄어들리라.
더 자주 그 자리에서
자신을 되돌아볼 수 있으리라.

수행 **08**

보고 듣는 그놈이 만든다

나무를 본다.

볼 수 있는 그놈….

새소리를 듣는다.

들을 수 있는 그놈….

꽃향기를 맡는다.

맡을 수 있는 그놈….

잔디밭이 푹신하고 따뜻하다.

느낄 수 있는 그놈….

타이핑을 한다.

손을 빌려 뇌신경망을 빌려 타이핑하게 하는 그놈….

가만히 보면,

볼 수 있기에 그 광경을 만든다.

들을 수 있기에 그 소리를 만든다.

맡을 수 있기에 그 향기를 만든다.

모두 내가 그놈이 만든다.

만들지만, 자기의 감각 기관에 맞춰 만든다.
할 수 있는 그 능력이 나름의 감각 기관의 한계만큼만 인식하게 되고, 그렇게 인식된 만큼 세상이 그렇게 보이고 들리도록 만들어지기 때문이다.

내 눈이 가시광선을 인식하고 둥그니 하늘이 둥글고 파랗다. 기관의 특성 따라 세상이 만들어진다. 개미의 세상에 저 큰 산은 없다 보이지 않기에. 흑백으로 보이는 동물의 눈에는 컬러의 세상은 없다 시각능력이 다르기에. 하루살이의 세상에 내일은 없다 시간감각이 다르기에. 그놈이 감각 기관을 통해 나름의 세상을, 절대적이지 않은 상대적인, 환의 세상을 만든다.

더 나아가면,
감각 기관이 아닌 마음도 기억도 세상을 나름대로 만든다.
같은 보름달인데도 첫사랑의 아픔은 우울한 달로 보이게 한다.
화려한 장미인데도 가시에 찔린 기억은 미운 장미로 가시만 돋보이게 만든다.
같은 쌀밥인데도 고기 먹고 싶은 친구는 쌀밥 먹고 싶었던 친구와는 느낌이며 감각이 다르다.
같은 돈을 가지고 있어도 누구는 모자란다고 하고, 누구는 풍족하다고 하며 세상을 다르게 본다.
병에 걸린 친구는 하루하루가 귀하고 소중하여 기쁨인데, 병 없는 사람은 지겨운 일상의 하루이다.
그놈이 마음의 생각을 통해 환경을 인식하게 만든다.
인식된 만큼의 나름대로의 환경을 창조한다.

그대가 보고 겪는 온 세상은
이렇게 그대의 감각 기관이 만들어내고
이렇게 마음의 이미지가 만들어낸다.
그러한 이 세상이 절대적인가? 변하지 않는가? 의지할 만한가?
그렇게 죽자 사자 울고불고할 세상인가?
오히려 그대가 만든, 상대적이고 일시적이고 항상 변해가는 덧없는 환상이 아닌가?

역시, 그놈은 자기의 허공에서 온갖 변화를 굴린다.
그대가 만든 놀음놀이에, 상대적이며 항상 변하는 그 환상놀이에 매여서 울고 웃고 하지 말라.
나의 허공, 나의 놀음놀이, 그 무한함을 즐겨라.

수행 **09**

그래도 모습놀이에 빠져 근심이 생기거든

마음공부를 하다가도 습에 따라, 모습놀이에 쏙 빠져서 불현듯 화가 나고, 근심 걱정이 다가온다. 그때는 상황을 이렇게 관하는 것이 좋다.

모습놀이의 입장에서,
원, 어차피 인연 따라 오고 가는 것이다.
온 우주에서 영겁으로 다가오는 인과이다.
순간의 생각이나 행동으로 당장 바뀔 게 아니다.
나쁜 일이 생기면 빚 갚았다, 좋은 일이 생기면 저축을 까먹었다 생각하라.

투, 미래는 어찌 될지 누구도 모른다.
지금 상황이 어떻게 바뀔지, 무엇이 따라올지 모른다. 새옹지마.
돌고 도는 인과, 어려운 상황을 거쳐야 기쁨도 만족도 생긴다.

본래 자리의 입장에서,
쓰리, 수억 조의 생각 중 하나일 뿐이다
영겁의 세월에 걸쳐
온 우주에 나투며
온갖 모습놀이로 해왔고 해나갈 수억 조의 생각 중 하나이다.

포, 모두가 나요, 모든 것이 나의 것.
내 것과 네 것이 따로 없다.
이익이나 손해는 왼손에 있는 것을 오른손으로 옮기는 것이니
나에게는 더하고 덜할 게 없다.

파이브, 하되 함이 없다. 그러하되 그러하지 않다.
잃어도 잃은 것이 아니요, 얻어도 얻은 것이 아니다.
모두가 그 자리에서 일어나는 환이요, 그냥 그대로다.

여여하라

수행 10
모두가 대자유인이다

"모든 중생이 본래 부처이나 유감스럽게도 미망에 빠져, 부처 성품이 색수상행식의 오온[36]으로 이루어진 육신에 매몰되어 있다."

육신에 매몰되니 내가 생기고, 나와 너의 경계가 생기며, 나를 위한 탐진치가 따르며, 온갖 생주이멸 희로애락에 휘둘린다.

처음은 육신으로부터 벗어나는 것이다.
이 몸뚱이는 나의 갈아입는 옷, 자동차이다. 진짜 나는 이 옷을 입는, 몸뚱이를 쓰는 그놈이다. 몸뚱이의 감각 기관이 만들어내는 시간과 공간이 그 자리에는 당연히 없다. 그러니 나와 너의 경계도 없고, 내 것 네 것도 없고 태어남과 죽음도 없다. 불생불멸이며 모두가 나요 하나인 자리이며, 바로 지금 여기서 생생하게 보고 듣는 이놈이다.

다음은 마음에서 벗어나는 것이다.

나라고 생각하는 마음은 변치 않고 고정된 무엇이 아니다. 육신이 경계와 부딪혀, 또는 그 쌓음에서 생기는 기억과 생각들의 모음이다. 육진경계가 항상 바뀌니, 몸뚱이가 내가 아니니, 경계와 몸뚱이 감각 기관의 합의 결과물인 마음도 역시 일초도 항상하지 않으며 참나가 아니다. 마음은 나의 놀음놀이, 즐거운 모습놀이의 하나이다.

마지막으로는 공(空)에서 벗어나는 것이다.

모든 것이 허망하고 변하고 가짜이니, 그렇다면 진짜는 참나는 무엇인가? 변치 않으니, 모습을 떠난 것이니 텅 비어 공인가?

아니다. 공은 공이되 충만한 공이다. 그 자리에서 모든 모양과 마음이 나왔다 사그라진다.

너와 나의 근원, 참나 자리다.

비어 공적하여 그대로 모든 것이 되며, 똑똑하니 영지인 모든 작용과 모습놀이를 한다. 비면서 똑똑하니 공적영지이며, 진공에서 묘유가 나타나니 진공묘유다.

그렇고 그러하니 너는 모습에 매이지 말라.
모든 나타남과 사라짐이 바로 너의 놀음놀이다.
그 근원이자 바탕인 무한 공적자리가 바로 너의 본체다
본체가 바로 용이요, 공적이 영지하다.
진공묘유 모두가 바로 너다.
하되 함이 없고
그러하되 그러함이 없다.

> "부처님께서 금강경에서 보이시려는 삼공처(아공我空 법공法空 공공空空)로서는 용(用)을 모르면 사구(死句)이며, 체(體)를 모르면 망각(妄覺) 아니면 혼미(昏迷)가 되는 것이다."
>
> – 백봉 선생님, 『금강경강의』에서

모습놀이를 즐겨라! 대자유인으로서….

수행 **11**

놓아라 놓아라

몸에 매달리는 생각을 버려라.
몸은 세포 덩어리. 수많은 장난감 중 하나일 뿐이다.

관념의 옷을 벗어라.
지금의 기억과 지식, 생각과 집착은
흘러가는 습의 덩어리일 뿐이다.

공겁인(空劫人)이라는 생각도 놓아라.
시공(時空)에 매인 아이에게 주는 방편약 하나일 뿐이다.

부처가 되겠다는 생각도 놓아라.
물속에서 괜히 물을 찾는 것이다.

놓는다는 생각도 놓아라.
거울에 비친 한 놀음놀이일 뿐이다.
놓아라 놓아라, 모두 놓아라.

수행 12
나이면서 내가 아닌 그 자리!

내가 없는데
무슨 공부를 하지?
몸도 마음도 모두 환상인데
구태여 뭘 위해 무슨 애를 쓰지?

스스로 제한했던 나는 없어지고
희로애락의 몸과 마음을 내버려두고
이제 그 큰 가능성. 본바탕.
삼라만상을 즐기고 삼라만상을 만드는 깨어 있는 그 자리!

크다 작다를 넘어선
유형과 무형을 넘어선
나와 너를 넘어선
사람과 만물을 넘어선
있다 없다를 넘어선
나이면서 내가 아닌 그 자리!

몸뚱이로서의 나를 벗어나
나의 것 나의 바람을 벗어나
전체가 하나 되고
인연들에 무심해지는
맑아지는 느낌 큰 느낌~!
성성하라![37]
그냥 두면 될 것을….

이미 너는 부처이고
이미 너는 불생불멸이고
이미 너는 세상의 모든 것을 만들었으며
이미 너는 공적영지인데
이미 너는 있다고도 없다고도 할 수 없이 상대를 떠나 시공을 벗어났는데….
괜히~
부처가 부처를 찾는 것은 왜일까?
물속에서 물을 찾는 것은 왜일까?

뭔가 하려고 하기 때문이다.
구하려 하고
찾으려 하고
얻으려 하고

분별하려 하기 때문이다.

그냥 두면 될 것을….

임제스님은 이렇게 말씀했다.

> "너희는 다만 현재에 작용하는 놈만 믿어라. 거기에는 한 가지 일도 없다. 너희들의 한 생각 마음이 삼계를 내어 연을 따라 경계를 반연[38]하여 육진경계인 색 성 향 미 촉 법이 된다. 너희들이 지금 응하여 작용하는 곳에 무엇이 모자란단 말인가? 만약 사람이 부처를 구하면 그 사람은 부처를 잃을 것이다. 만약 사람이 도를 구하면 그 사람은 도를 잃을 것이다. 만약 사람이 조사를 구하면 그 사람은 조사를 잃을 것이다."
>
> –『임제록』에서

수행 **13**

망상을 없앨 필요가 없고, 진리를 구할 필요가 없다

망상을 없앨 필요가 없고
진리를 구할 필요가 없다….

망상을 없앨 필요가 없다
모두가 나의 모습이니
굳이 더하고 덜할 게 없다.
이것이 옳으니 취하고
저것이 그르니 버릴 게 없다.
분별이 벌이는 망상놀이다.

저절로 나타난 망상이니
저절로 없어지게 둬라,
굳이 없애겠다는 망상만 하나 더할 뿐….
허공에다 물감이 든 붓으로 칠을 해봐라
지나갈 뿐 흔적도 없다.

진리를 구할 필요가 없다.
진리는 바로 여기 지금 생생하다.
구할 필요도 찾을 필요도 없다.

매이지 마라, 인연의 오고 감에….

지금 보고 듣고 말하는 이놈
생각하는 이놈
무엇이든 받아들이는 이놈
하되 함이 없는 이놈
바로 여기 생생한 이놈
모든 걸 통해서 드러나는 이놈.

그놈이 환상의 세상을 만들어낸다.
그리고 온갖 인연을 겪음이 없이 겪는다.
다가왔다 사라지는 그 인연은 날아다니는 아지랑이 모래 뭉치 같다.

잡히지 않는 실체도 없는 아지랑이 같은 모래
이 모래 저 모래가 뭉쳐서 우르르 다가오고 사라지고
또 다른 이 모래 저 모래 뭉쳐서 조그맣게 다가오고 사라지고
모래 하나씩도 다가오고 사라지고….

어떤 경우는 부부 인연으로 다가오고

어떤 경우는 사건으로 다가오고

어떤 경우는 한순간의 인연이고

어떤 경우는 좀 긴 시간의, 평생의, 여러 생의 인연이다.

크든 작든 길든 짧든

인연의 뭉치, 인연의 작은 알갱이!

환의 뭉치, 환의 작은 알갱이!

온갖 모양으로 이리 저리 왔다 갔다 한다.

집착하지 마라, 그 환의 놀이에

매이지 마라, 인연의 오고 감에….

수행 **14**

너의 일이 아니다, 온 우주의 일이다

배추 한 포기가 있기까지
뜨거운 태양과 산들바람과 촉촉이 적셔주는 물이 있었기에….
하나라도 없었다면 그 배추는 없다.

내가 배추를 먹는 이 행동에는
그 배추를 만든 태양과 바람과 물 그리고
내 몸을 만든 지금까지의 행위와 영양소,
그 영양소를 준 고기와 채소
그 고기와 채소를 만든 또 다른 태양과 바람과 물
나아가 온 우주의 원자, 전자, 분자들이 있었기에….

겨자씨에 삼라만상이 들어가고
나의 똥 누는 일이 온 우주가 하는 일이다.

한 육신의 일이 아니다. 온 우주의 일이다.

오늘의 일이 아니다. 영겁[39]에서 다가온 일이다.

계획대로 맘대로 이러고 저럴 일이 아니다.

온 우주로부터 쌓여 다가온 일이다.

내가 오늘 회사로 가서 일을 하고, 사람 만나는 게 아니다.

우주가 영겁에서 우주를 주무르는 것이다.

놓치지 마라! 누가 무엇을 하고 있는가?

수행 15

무슨 물건을 찾느냐?

무슨 물건을 찾느냐?

찾을 것도 없고
찾는 놈도 없다.
그러면서 나투고 응한다.

이 생각이 부처요
이 생각이 마군이다.
도적의 쌍욕이 부처요
선사의 할이 마군이니
부처니 마군이 따로 없다.

공적영지한 놈이 공적영지한 빛깔을 본다.
공적영지한 놈이 공적영지한 소리를 듣는다.
공적영지한 놈이 공적영지한 냄새를 맡는다.
공적영지한 놈이 공적영지한 생각을 한다.

공적영지한 놈이 공적영지한 감정을 겪는다.
온통 공적영지 하나밖에 없으니
주인과 손님이 따로 없다.
그놈이 빛깔이요 소리요 냄새이며,
빛깔이 소리요 냄새요 그놈이고,
소리가 빛깔이요 냄새요 그놈이다.
그놈이 생각이요 그놈이 감정이다.
생각은 그놈이요 감정도 그놈이다.
나투고 응하면서 만상(萬像)과 만행(萬行)이 일어나는 듯하니
바탕과 현상이, 유와 무가, 유정과 무정[40]이, 생사와 열반[41]이
어우러져 있다.
유위와 무위가, 가고 옴이, 옛날과 지금이, 크고 작음이, 많고 적음이 하나인 듯 하나도 아니다.

운문스님께 승이 묻기를
"무엇이 모든 부처님이 나온 곳입니까?"
운문 왈
"동산이 물 위로 가느니라"

수행 16

사무실에서 회의하다가…

직원들과 사업계획 회의를 하다가….
앞에 여러 그림들이 겹쳐진다.

개미들이 모여 우글거리거나
사자들이 되어 굴속에서 사냥감을 나누고
부처와 제자가 되어 설법을 청하고 듣는다.

바탕도 현상도
유무도 시공도 겹쳐진다.

현재와 미래가 겹쳐지고
가고 옴이 겹쳐지고
동산과 물이 겹쳐지고
부처와 잣나무가 겹쳐진다.

부분에서 전체로….

현재에서 전체로….

이것이 저것이고 그것 또한 함이 없으며,

함이 없으되 함이 있다.

지금과 나중이 모두 따로가 아니되

따로가 아니면서 따로이다.

바탕과 생각과 현상이 그 자리에서 벌어지기에….

수행 **17**

온 세상이 내 속에서 일어났다 꺼진다

보림선원의 하계 철야 정진이 한창이다.

휴식 시간에 백봉 선생님 30년 전의 하계 철야 사진을 보면서….
그때의 세상과 모습들은 다 변하고 사라지고 없고
그때 설법하던 그놈은
지금 이 순간에도 설법을 듣고 있구나!

참선시간이다.
나도 몸뚱이를 가만히 하고 앉는다.
온갖 망상이 떠오른다.
가만히 망상들을 바라본다.
여행 가서 즐거웠던 일들
와이프와 생활하며 생긴 일들
그때의 환경과 사람들, 일들은 지금은 없지만
보고 듣고 즐거워하던 그놈은
지금 추억도 하며, 또 다른 걸 보고 듣고 있네….

주변의 세상은 변하고 겪는 일들은 달라지지만
이 변화를 겪는 이놈은 그대로 아닌가!

나의 감각 기관으로 세상을 만들고 인식하니
그 감각 기관을 부리는 이놈은 바로 이 변화를 만드는 놈이 아닌가!
이 변화의 시간들을 꿰뚫고 여전히 그대로인 놈이 아닌가!

변하는 것들은 변하게 하고
변치 않는 그놈, 나의 입장에서 살펴보니
온 세상의 변화가 모두 내 속에서 일어난다.
물이 H2O 요소로 분해되고 다시 결합하고
내 속에서 우주가 나타났다 없어졌다 하며
삼세[42]와 시공간이 나타나 온갖 세상이 벌어진다.

이 몸뚱이를 부리는 이놈이
지금 보고 듣고 말하는 이놈이
바로 온 세상을 만들고 허공을 부리는 놈이다.
나는 시간이 없이 영원히 여여하고
공간이 없이 온 허공을 채운다.

내 속에서 온 우주가, 온 세상이 일어났다 꺼진다,
그걸 보는 나는, 그걸 부리는 나는 그대로다.
변화를 만들되 나에게는 만듦이 없고
변화를 하되 나에게는 함이 없다….
모든 것을 만드니 텅 비었고
모든 것을 받아들이니 똑똑한 공적영지요
있고 없고를 떠나
바로 나다.

수행 **18**

이렇게 쉬운 것을…

괜히 만든 것을 그냥 가만히 버리면 되는 것을
하나도 취할 가치 없는 세상을 그냥 환으로 두면 되는 것을
나를 몸으로 착각하여 만든 생각과 집착을 놓으면 되는 것을….

몰랐어도 그 자리인 것을
물들어도 물들지 않는 자리인 것을
내버려둬도 떠나지 않는 자리인 것을
써도 써도 줄지도 않는 것을
없애려 해도 없어지지 않는 것을
되려고 하지 않아도 이미 되어 있는 것을
그냥 그대로 바로 여기인 것을
이렇게 안심이 되는 것을….

소리 나면 듣고, 빛깔 오면 보고, 배고프면 밥 먹고,
목마르면 물 마시고, 차가우면 차가운 줄 알고,
뜨거우면 뜨거운 줄 알고, 힘들면 쉬고, 마려우면 화장실 가고,

이러면 되는 것을…. 이렇게 쉬운 것을….

수행 19

행주좌와가 선이다

행주좌와(行住坐臥)가 선(禪)이다.

행(行)에 착(着)이 없다
착은 욕심에서 생기니 모두가 나인 부자로서의 나는 착이 없다
행은 당연히 선이다.

주(住)에 착(着)이 없다
특별히 다시 할 일이 없으니 쉬어도 하여도 그대로이다
주는 당연히 선이다.

좌(坐)에 착(着)이 없다
어차피 환의 세상이요 토끼 뿔이니 만들어도 만들지 않아도 분별이 없다.
좌는 당연히 선이다.

와(臥)에 착(着)이 없다
저제와 지금이 따로 없으니 이래도 저래도 여전하기만 하다.
와는 당연히 선이다.

수행 **20**

참나를 확인하라

현대를 살아가는 이성적 지식인으로서 우선은 설법을 들으며 과학책을 보며 생각으로 따져보며 참나의 탐구를 시작하지만, 확인이 되면 생각에서 벗어나라. 생각도 느낌도 감정도 모두 망상이기 때문에 그 속에서 계속 따지고 헤아리면 끝없는 망상분별에서 벗어나지 못하기 때문이다.

"눈이 시계를 보고 컵을 보듯이 나 자신의 눈이라는 이 물건을 보겠다고 하면, 그건 안 보이는 건데 보겠다고 자꾸 그러면 안 되는 거죠….
눈이 있다는 것은 시계를 보고 컵을 보면서 확인이 되는 겁니다. 눈으로 시계를 보고 있으면, 사실은 시계가 확실한 것이 아니고 시계보다 더 확실한 것은 눈 자체가 더 확실한 거죠. 시계를 보면 시계가 확인되는 것이 아니고 눈이 확인되는 것입니다.
마음을 확인하는 것도 마찬가지지요, 자기 자신을 확인하는 것도 마찬가지입니다.
(책상을 두드리며) 이것도 마찬가지입니다.

(돌멩이를 들며, 컵을 들며) 이것도 마찬가지입니다.

무슨 일이 있더라도

첫 번째는 이것이 확인되고,

그다음에 이러쿵저러쿵하는 것이죠.

그래서 언제든지 이 하나가 있을 뿐입니다.”

– 김태완 원장의 『반야심경 강의』에서

모든 행동, 모든 생각, 모든 감정, 모든 느낌,
행주좌와, 어묵동정, 모든 보이는 것 들리는 것, 모든 세상,
우주 모두가 첫 번째의 이 자리를 먼저 드러내는 것이다.
마음 하나 확인하는 것이다.

복사꽃을 보며 깨닫거나
대나무에 탁 돌멩이 부딪히는 소리를 듣고 깨닫거나
전부 다 이 일이요, 이것을 아는 것이다.
부처가 뜰 앞의 잣나무라는 것도 잣나무를 보며
그 자리를 확인하는 것이다.
모든 것이 그 자리의 작용이요 묘용인 것이다.

보는 것이나 보이는 것이나,
듣는 것이나 들리는 것이나,
산다는 것이나 죽는다는 것이나,

시간이라는 것이나 공간이라는 것이나,
사람이나 민물 곤충이나 시계나 컵이나,
모든 것이 그냥 이것의 일이요, 진짜 나의 일이다.
모두 이 자리를 드러내는 일이다.

새삼 다른 것이 없다
다른 모든 것은 그것이 무엇이든 변하고 허망하며
망상이기 때문이다. 확인이 되면 생각이라는 망상에서 벗어나라.

여기서 분별을 하며 따지고 든다면 어긋나게 된다.
왜냐하면 생각이나 분별은 그 자리 이후의 작용이라서,
생각이며 분별로는 그 자리를 알 수가 없기 때문이다.

있다 없다 크다 작다 거기서 나온 것이며
그 자리는 있다 없다 크다 작다 이전이다.
무한이다 유한이다 거기서 나온 것이며
그 자리는 무한 유한의 이전이다.
그 자리가 있느냐 없느냐,
어떻게 생겼느냐 어디에 있느냐 따지는 것은,
이런저런 생각이 일어나기 전의 자리,
생각 이전의 자리를 생각으로 헤아리는 바보짓이다.

크다 작다가 없고, 있다 없다도 없으며,
살고 죽는 것도 없고, 유형도 무형도 없다.
그냥 크다 작다를 보면서 참나가 확인이 되고,
있다 없다를 생각하면서 참나가 확인이 되고,
살고 죽는 것 알면서 참나가 확인이 되고,
세상을 보며 들으며 참나인 그 자리를 확인한다.

생각에서 벗어나라!
그냥 확인하라.
지금 보고 듣는 그놈,
지금 보이는 것을 만들고 들리는 것을 만드는 그놈,
이것이 뭘까 어디에 있을까 생각하는 그놈,
공부해야 되겠다는 그놈….
그냥
모든 작용에서 나를, 나의 참마음을 참나를 확인하라.
모든 삼라만상이 오직 참마음 하나요,
참나를 드러내는 이 일 하나뿐이다.

수행 21

정말 아무 상관 없다

희뿌옇다~

가려 희미하다.

눈을 통해 본다. 귀를 통해 듣는다. 코를 통해 냄새를 맡는다.
피부를 통해 접촉을 느끼고, 손을 통해 물건을 잡고, 다리를 통해 걷는다.
무엇이? 누가?
그놈이. 내가!

방에서 보이는 앞동산의 나무 위에 새들이 날아다닌다.
그 날개를 통해 날아다니고, 그 다리를 통해 가지 위에 앉는다.
그 입을 통해 지저귀고, 그 눈을 통해 날아갈 곳을 본다.
무엇이? 누가?
그놈이. 내가!

가만히 보면 근원이 하나로 있는데 뭐가 가려 있고 희미한 느낌이다. 살짝 비치는 얇은 장막 뒤에서 뭐가 드러나는 느낌….
그놈이 이 몸을 통해, 그 새의 몸을 통해, 하나인 것이!

몸이 실재한다는, 세상이 실재한다는 막연한 생각이,
지난 일과 기억의 잔상이, 몸 받고 태어난 이후의 주입된 관념,
사고의 습관들이 엷은 장막으로 가리고 있다.
지나온 세상일을 되돌아보면, 흥망성쇠 굽이굽이 지나온 나날들.
무수한 사건과 무수한 고락들….
그저 그렇고 그러하네. 앞으로도 똑같이 되풀이되겠지.
좋았다 나빴다, 뜻대로 또는 반대로, 순환이고 인과이고….
하지만 그건 나와 상관없다.
세상일은 세포 덩어리인 환상의 몸뚱이가 겪는 것처럼 보일 뿐이고, 희로애락은 마음인 환상이 이리저리 분별하며 느끼는 것처럼 보일 뿐이다.

그냥 그대로인 나이고, 본래무일물인 그놈이고,
온 세상과 허공을 굴리는 그놈이고,
유무와 생사와 시공에 관계없는 나에게는
착각에서 생겨 환상일 뿐인,
태평양 바다의 온 허공의
조그만 물거품 하나도 못 되는 이 세상일은….
정말 아무 상관 없다!

수행 22

확실하다

나와 마하르쉬와 부처는 하나이다. 몸뚱이가 아닌 그 자리에서.
모두가 모든 것이 시간과 공간이 없다.
그가 한 그 행위가 지금의 내가 한 것이기 때문이다.

망상 온갖 생각들….
보니 내가 생각하고 망상하는 게 아니다.
그 자리가 허공이 망상을 피운다.
나는 어디에도 없다.

여기도 공적영지 저기도 공적영지
온 천지가 공적영지이다.
공적영지로서의 나!
나무와 맑은 하늘이 확~ 다가온다.
온 천지가 나요, 그대로 그 자리이다.

-인도 마하르쉬 아쉬람에서

수행 **23**

내가 나를 본다

지하철에서 우르르 사람들이 몰려간다.
걸어가고 있는 나….
주변에 빽빽한, 일 보러 가는 사람들을 지켜본다.
가만히 보니 내가 나를 보고 있다.

한 아가씨가 지하철에서 핸드폰으로 통화를 한다.
어~ 여기서도 또 내가 나를 보네!

온 천지에 나밖에 없다.
내가 나를 만들고, 내가 생각을 만들고
내가 세상만물을 만들고, 내가 유정 무정을 만든다.
능(能)과 소(所)가 하나이고, 주(主)와 객(客)이 하나이다.
모두 그 자리에 하나로 녹아 있다.

온 천지에 그 하나밖에 없다
아니 하나도 아니다. 그대로다.

수행 24

법정스님 가시는 것을 보며

눈물이 났다 사진을 보고.

베스트셀러들, 길상사 회주, 맑고 향기롭게 재단, 그러면서도 홀로 산중 생활. 다양한 면모 속에 무소유.

불교계의 스타이신 스님이 관도 없이 꽃 하나 없이 평상 위에 그냥 붉은 천을 덮고 떠나시는 모습을 보고 눈물이 났다.

허망하다!

우리 중생들이 기원하던, 꿈꿔오던, 선망하던 생활을 해오시던 분이 이렇게 가시는 것을 보니.

새삼 허망하다! 나에게도 곧 다가올 그 순간….

인생. 백 년도 안 되는 그 시간이 허망하다.

세상이라는 집이라는 그 공간이 허망하다.

가족, 친구, 이웃 사람이라는 그 인연이 허망하다.

나의 것, 나의 소유, 나의 행복이라는 그 생각도 허망하다.

알면서도 모두 알면서도

우리는 또 구하고 집착하며 안달하고 있다.

허망한 이유는 영원하지 않기 때문이다.
영원하지 않은 이유는 본래 있지 않았기 때문이다.
본래 있지 않은 것을 사람이 감각 기관을 통해 보고 듣고 느끼며
세상을 시간을 공간을 창조해내기 때문이다.
이렇게 환의 세상이 만들어지기 때문이다.
환인데도 집착이 생기는 이유는
전생이나 어릴 적부터 주욱 계속해왔던 습관과 망상 때문이다.
세포 덩어리인 몸뚱이가 나인 줄,
생각들의 모음인 마음을 나인 줄로 알기 때문이다.
곧 벗어던질 세포 덩어리, 60조의 세포가 한순간도 쉬지 않고 변하는 몸뚱이. 감각 기관이 만들어내는 환의 세상.
그 위에 생각들로 또 덧칠을 하며 감정을 만드는 환의 환 세상.
그냥 왔다 갔다 하게 하라. 그냥 버려둬라!

하지만
그 만들어낼 줄 아는 그놈.
시간 공간 세상을 만들어내는 그놈.
환의 세상이 왔다 갔다 하는 걸 아는 그놈.
그놈은 모든 것을 만드는 무한이요, 모든 것이 바로 그것이요,
시공을 앞선 그 자리요, 탄생과 죽음이 없는 자리요, 모두가 하나인 자리이다.
또한 똑똑하고 빈 그 자리가 바로 환의 사물이요 느낌이니, 실제

와 환이 하나 되는 자리이다.
그냥 그대로 그 행동이 바로 나의 본성이요, 금반지가 반지이면서 동시에 금인 것이다.

법정스님은 그 육체를 굴리면서도 바로 무한이고 생사가 없으며, 법정스님은 육체를 버리고 가신 듯하지만 실제는 가신 것이 아닌 것이다.
법정스님은 나와 다른 것처럼 보이지만 실제는 나와 하나인 것이다.
바로 이 자리에 항상 나로서 존재하는 것이다.

괜히 만든 것을 그냥 가만히 버리면 되는 것은….
나를 몸으로 착각하여 만든 생각과 집착을 놓으면 되는 것을….
그냥 그대로 바로 여기인 것을….

수행 25

서로가 있기에 서로가 드러난다. 하나이다

추석 휴일에 오랜만에 삼각산 화계사에 가봤다.

선으로 유명한 절이요 국제선원도 규모 있게 세운 삼각산 자락의 절이다. 조그만 옛 건물인 대웅전에 앉았다. 나름의 집중과 명상을 하기도 하고, 스님들의 염불 소리도 참 듣기 좋았다.

그런데 바로 앞 법당을 보수하는 목수의 망치 소리가 탕탕 시도 때도 없이 났다. 아이 참, 휴일에 이렇게 많은 사람이 와서 기도하며 마음 가다듬는데 하필 왜 오늘 공사를 하지?

빨리 멈췄으면…. 염불 소리만 들리게. 내가 집중 좀 하게. 그래도 계속 났다. 나중에 종무소에 가서 항의를 할까 보다.

하지만 어차피 내가 적응을 해야 하니….

나도 할 수 없이 망치 소리에 마음속 염불을 박자 맞추며 거슬림을 낮추려 했다. 망치 소리는 빨리 끝나고 스님 염불 소리만 들려오기를 바라고 있었다.

문득, 망치 소리는 싫고 염불 소리를 좋아하는 게 뭔가 잘못됐다는 생각이 들었다.
망치 소리는 법당을 잘 만드는 것이고, 그 법당 안에서 스님들이 염불 잘하게 하려는 것인데. 망치 소리는 염불 소리를 위한 것인데, 망치 소리는 가라 하고 염불 소리만 오라고 하고 있었다.
그러면 망치 소리를 싫어하고 없애면 그것은 법당과 염불 소리를 위하는 것이 아니지 않은가.
이것이 있어야 저것이 가능한데 앞의 과정을 싫어하고 앞 인연을 없애려 하는 것이다. 말이 안 된다!

그렇게 보면 세상 모든 것이 그렇다.
일과 휴식. 빨리 일을 많이 해야 하는데 휴식이 없으면 오히려 일이 안 된다. 휴식이 일이다.
생과 사…. 겨울철 앙상함과 빈 들판이 지나야 봄의 생명을 가득 지닌 나뭇잎과 풀이 피어난다. 겨울 동안의 기다림과 저축이 있었기 때문이다.
불행과 행복…. 항상 좋은 일만 있으면 오히려 심드렁해진다. 불행이 있으니 행복이 느껴질 수 있다.
유와 무…. 마찬가지이다. 무가 있으니 유가 보이고 유가 있으니 무가 있다.

모든 상대적인 것은, 모든 싫어하고 좋아하는 것은, 서로가 있기에 드러난다.
그렇게 보면 싫어하고 불행을 주는 것으로 보이는 것들이 나중에 좋아하고 행복한 것을 가져다준다.
행불행, 유무, 싫어하는 것 좋아하는 것, 각각은 한순간의 과정이요, 순환되며, 결국 전체가 하나이다.
그 하나에서 모든 변화가 드러나며, 그 변화는 서로를 위한 것이고 모든 것은 엮이어서, 마치 서로 다른 목적을 추구하는 것 같지만 결국은 연결되고 하나가 된다.
변화는 이어오니 서로의 가능성이요, 결국 하나이다.
그러면 모든 싫음이 모두 좋음이요, 모든 불행이 모두 행복이다.

그 모두를 지켜보는 나.
분별도 환상. 굴림도 환상…. 그냥 뭉뚱그려 하나인 환상….
이 몸, 스님, 염불 소리, 목수, 망치 소리가 모두 하나인 그놈!

이 몸의 원자들이 세상의 원자들과 항상 교환되어 교류한다. 크게 하나이다. 이 몸과 세상이 양자물리학에서 보면 모두 공이다. 비어 있다. 하나이다.

형체나 행동 모든 변화가 이어져 있으니 하나이다.

이리 봐도 저리 봐도 모두 결국 하나이다.

그 하나를 굴리는 이놈.

텅 비어 모든 것을 받아들이며 이 모든 변화를 똑똑하게 만드는 이놈!

그 자리에서 분별을 거둬라.

하나인데 굳이 나누며 좋다 싫다 하는 분별을 멈춰라.

그 자리에서 모든 변화를 즐겨라….

강 건너 불 보듯이….

CHAPTER 7

고인과의 대화

고인과의 대화 **01**

찾던 봄이 아닌가

해 지도록 찾아 헤맨 봄
끝내 찾지 못하고

짚신 끌며 산마루 길
흰 구름만 헤쳤네.

돌아와 봄을 잊고
뜨락에 들어서니

매화 향 터지는 가지여
찾던 봄이 아닌가.

– 이름을 알 수 없는 어느 비구니 스님의 깨달음의 노래

외부를 볼 때도 자기가 자기를 대하고,
자기를 구하고, 자기가 행하고
자기가 자기를 벗어나지 못한다.

봄을 찾는 것은

물속에 있는 고기가 물을 찾듯

자기 속에 있는 자기가 자기를 찾는 것이다.

옳다.

고인과의 대화 **02**

뿌리 없는 나무의 꽃

圓覺山中生一樹 원각산중생일수
開花天地未分前 개화천지미분전
非靑非白亦非黑 비청비백역비흑
不在春風不在天 부재춘풍부재천

원각산 속에 한 그루의 나무가 있어
천지가 나뉘기 전에 꽃이 피었네.
푸르지도 희지도 또한 검지도 아니하며
봄바람도 하늘도 간여할 수 없다네.

–선시–

아침에 일어나 창밖 나무를 보니
6월의 푸른 신록이 천지를 창조하네.
나무는 푸르지도 않으면서 푸르고
나는 보지도 않으면서 보고 있네.

푸르름은 바로 십억 년 전의 소식이요,
봄은 그대로 천지를 에워싼 허공의 소식이네.
푸르름은 되돌아 내가 되어 나무를 보니,
능(能)과 소(所), 모두가 어우러진 그 자리에서
나는 지금 나무의 푸른 신록을 즐기네.

고인과의 대화 **03**

빈 쌀독 두드리며

명리도 영화도 돌아보지 말자.
인연 따라 이 한 생을 보낼 뿐이다.

혀뿌리가 힘을 잃으면 누가 나인가
이 몸 죽어지면 헛된 이름뿐.

누더기 한 벌로 기워 입고 또 입고
빈 쌀독 두드리며 노래 부른다.
허깨비 같은 이 몸이 얼마나 산다고
부질없는 일에 묻혀 어둠만 키우랴.

– 『치문경훈(緇門警訓)』에서

무척 기다리던 좋은 일이 생겼다. 맘이 매우 기쁘다.
하지만 기쁜 그 마음을 찾아보면 어디에도 없다.
몸 안에도 몸 밖에도 어디에도 없다.

생각대로 안 되어 엄청 상심하고 괴롭다.
하지만 괴로운 그 마음을 살펴보면 어디에도 없다.
모양도 없고 소리도 없고 냄새도 없다.

지식과 분별로 이것저것을 판단하여 싫고 좋음을 자꾸 만들어내고 돈을 많이 벌려고, 남보다 잘되려고 명리와 영화를 구한다.
하지만 구하는 그 마음 자체가 어디에도 없는데 도대체 뭘 구한단 말인가?

이 몸은 계속 변하는 세포 덩어리이고 가짜이니, 변하는 몸뚱이를 위한 좋고 나쁨은 괜한 허망상상이고 부질없다. 더구나 너와 내가 따로 없는데 무엇을 더 얻고 무엇을 비교하려 하는가?

하지만 이 못된 오랜 습관!
허망상상 덩어리….

고인과의 대화 **04**

사방무일사 천하태평춘

四方無一事

天下太平春

사방을 둘러봐도 한 일도 없고

천하는 태평한 봄날이구나.

놓아라.

그 자리에 무엇이 있겠으며

있다 한들 얼마나 있겠느냐.

가소로운 번뇌망상을….

진심이다 도다 부처다,

모두가 너가 만든 것임을….

만들어도 만듦이 없음을….

아무 할 일이 없다

든든하고 태평이다.

고인과의 대화 **05**

어찌 자성이 본래 구족함을 알았으리오

어찌 제 성품이 본래 청정함을 알았으리까?

어찌 제 성품이 본래 나고 죽지 않음을 알았으리까?

어찌 제 성품이 본래 구족함을 알았으리까?

어찌 제 성품이 본래 흔들림 없음을 알았으리까?

어찌 제 성품이 능히 만법을 냄을 알았으리까?

– 『육조단경』에서

가슴 벅차게 하는 말이다!

그 자리는 청정하기 때문에 온갖 것을 비춘다.

소리가 오면 듣고 빛깔이 오면 본다.

뜨거움이 오면 뜨거움을 차가움이 오면 차가움을 안다.

청정하니 공적하여 온갖 것을 받아들이고

청정하니 영지하여 물들지 않고 흔적도 남기지 않으면서 온갖 것을 비춘다.

그 자리는 모습이 없기 때문에 나고 죽음이 없다.

그 자리는 모습이 없으니 동정이 없다.
마음 따라 몸 따라 오고 가는 듯하지만 그 자리에선 오고 감이 없다.
마음 따라 몸 따라 생겨나고 사라지는 듯하지만 그 자리에선 생멸이 없다.
그 자리는 나를 떠나지 않고 지금 그대로 항상 여기에 있다.

그 자리는 갖춘 것도 없고 갖출 것도 없기 때문에 본래 구족[43]하다.
모습이 없으니 경계가 없고
경계가 없으니 너와 나, 나의 것 너의 것의 분별이 없으며
분별이 없으니 모두가 하나이고 모두가 그대로 구족하다.

그 자리는 온 세상을 나투니 능히 만법을 낸다.
감각 기관으로 시간과 공간을, 온갖 세상을 만들고
사량분별로 온갖 환상을 깜냥대로 만든다.
그 감각 기관의 이전,
사량분별 이전의 그 자리는 환상놀이를 부린다.
하지만 지금 이대로 나는, 그 자리에선
청정도 생멸도 구족도 만법도 없다.
없으니 청정을 생멸을 구족을 만법을 나투며 굴린다.
생사에 매이고 모습에 부대끼는 중생을 해방시키려
굳이 분별을 하셔서 몸을 마음을 풀어주시는
고마운 육조스님의 말씀이시다.

고인과의 대화 **06**

하나하나 청정한 생각이요 청정한 행동이다

"나의 이 생각, 이 경계는, 이 모든 것은 다 내가 만든 환상이다. 모두 가짜니, 얻을 게 못 되니 버리자. 그리고 참나로, 근원자리로 돌아가자."

아니다. 틀렸다!

생각과 경계가 따로 있고, 본바탕이 따로 있는 게 아니다.
그냥 그대로 이 생각 이 경계가 본바탕이요, 동시에 놀음놀이다.
금가락지 따로, 금 따로가 아니다. 그냥 금이면서 가락지이다.

그러므로 생각을 버리려, 행동을 버리려, 다시 근원을 찾으려 애쓰지 마라.
육신과 마음이 허망함을 알고 집착이 없어지면,
나와 너, 나와 경계 모두가 하나가 된 채,
행동하나 생각하나 그냥 그대로 청정하다.
근본을 알며, 나의 경계를 따로 구분 않으니,
인연과 분별에 집착이 없어지니,

밥 먹고, 버스 타려 하고 회사서 계획하고 일하며
퇴근 후 친구와 술 한잔하는 모든 게 청정하다.
이 생각 이 행동이 육신의 행동이 아니다.
그냥 그대로 온 우주의 행동이다.

그냥 보니 그놈이고 그냥 생각하니 그놈이고 그냥 응하니 그놈이다.
환이든 근본이든, 버리든 얻든 모두 어우러진 그 자리에서
견문각지, 행동 하나 생각 하나 그냥 그대로 청정하다.

"선남자야, 저 중생이 환신(幻身)이 사라지면 환심(幻心)이 또한 사라지고 환심이 사라지면 환진(幻塵)이 사라지며…. 보살과 말세 중생이 모든 것이 환(幻)이라는 것을 증득(證得)하여 영상(影像)을 없애면, 저 때에 문득 무방청정(無方淸靜)을 얻는다. 가없는 허공은 각(覺)이 나툰 바이다. 각이 원명(圓明)하므로 심(心)의 청정(淸靜)이 드러난다. 마음이 청정한 까닭에 견진(見塵)이 청정하며, 견이 청정한 까닭에 안근(眼根)이 청정하며, 안근이 청정한 까닭에 안식(眼識)이 청정하며, 안식이 청정한 까닭에 문진(聞塵)이 청정하며, 문(聞)이 청정한 까닭에 이근(耳根)이 청정하며, 이근이 청정한 까닭에 이식(耳識)이 청정하며, 이식이 청정한 까닭에 각진(覺塵)이 청정하니, 이와 같이 코, 혀, 몸, 뜻도 또한 다시 이와 같다."

–『원각경 이가해』에서

환을 따로, 근본을 따로 만들지 마라.

"나는 몸이 아니다"는 이미 몸이 따로 있다고 생각한 후

근원을 찾은 것이요,

"나와 세상은 하나이다"도 나와 세상을 이미 구분한 뒤에

근원에서 본 것이다.

굳이 환을 만들고 구분을 지은 뒤

또 없애려 하고

근본을 찾는 이 부질없음이라니….

고인과의 대화 **07**

마하르쉬 말씀을 들으며….

문 • 무엇이 죽음이고 무엇이 탄생입니까?

답 • 죽음과 탄생은 오직 육체에게만 있을 뿐이며 육체는 환영이다. 실제로는 탄생도 없고 죽음도 없다.

맞장구 육체는 세포 덩어리. 과학적으로 한순간도 쉬지 않고 세포들이 생겼다 사그라들었다 하며 변한다. 어릴 적부터 지금까지 몸뚱이는 생사를 하는 세포들의 모음의 변화. 매일 매 순간 몸뚱이의 일부는 죽고 일부는 태어난다. 우리의 육체가 죽는다고 하는 것은 세포들이 한꺼번에 기능을 못 하고 가는 것이다. 매일 매 순간 몸의 일부가 끊임없이 죽고 살고 하는데도 우리는 습관적으로 몸뚱이가 나올 때 태어났네, 한꺼번에 갈 때 죽네 하는 것이다.

또한 미시적으로 보면 눈에 보이는 몸뚱이가 사그라질 때도 원자들은 변치 않고 그대로이다. 따라서 탄생과 죽음은 육체에만 있다. 또한 너의 감각 기관이 이 몸을 이렇게 보이게 하는 것이다. 눈이 엑스레이라면 열화상 카메라라면 양자현미경이라면 이 몸은 이렇게 보이지 않고 이렇게 생겨먹지 않는다. 감각 기관의 배율과 성능이 이 몸을 이렇게 보이게 하는 것이다. 따라서 이 몸뚱이는 절대적인 실재가 아니라 환영이다.

문 • 스승님께서는 스승님 자신과 저 자신, 저 사람, 제 하인 사이에 아무런 차이가 없고 모두 같습니까?

답 • 모두 같다. 저기 있는 원숭이들도….

맞장구 그 자리는 형체가 없으니 나와 너, 닭, 개, 원숭이, 나비, 바퀴벌레 모두 같다. 무형의 그 근본자리에서 보면. 큰 느티나무는 하나. 거기에 둥치, 가지, 줄기, 수많은 잎, 하는 일이 모두 다르지만 한 나무로 본다.

금반지 금목걸이 금수저 금팔찌가 되어도 다 같이 금이듯이.

지금 타이핑하는 그놈이나 눈앞의 푸른 나무를 보는 그놈이나 회사 일 생각하는 그놈이나 운전하고 일 보러 갈 그놈이나 같은 놈이듯이, 보고 듣고 생각하는 그놈은 스승과 제자, 하인과 원숭이로 부리는 형체가 달라도 하나이요, 같다.

더 나아가면 그놈이 만든 환상, 세상의 별, 돌, 흙, 산, 바람, 태양 등 모든 우주도 허공의 끝없는 변화도 만든 그놈이 없으면 같이 없고, 그놈이 만드니 연결되어 있고 하나이다.

문 • 세상을 볼 때에도 참나를 놓치지 말아야 한다는 말씀이십니까?

답 • 그렇다. 그것은 모든 화면들이 실재처럼 보이는 영화와 같다. 그러나 스크린만이 실재할 뿐, 오고 가는 화면들은 실재가 아니다. 만약 그대가 모든 것의 배후에 있는 참나 즉 실재를 깨닫지 못한 채 현상만을 본다면, 오직 망상만이 있을 뿐이다. 참나는 바탕이며 유일한 실재이다.

맞장구 그놈이 부리는 사람의 뇌는 눈이 받아들인 초당 4000억 비트의 정보 중 2000비트만 해석하여 세상을 재구성한다. 이와 같이 자신의 감각 기관의 한계 안에서 나름대로 세상을 만드는 것이다. 거기에다 기억이나 지식이나 욕망이 또 그 세상을 덧칠하며 울고 웃고 한다. 장님의 세계, 귀머거리의 세계, 강아지의 세계, 하루살이의 세계, 바퀴벌레의 세계는 다르다. 감각 기관의 성능이나 덧칠이 다르기 때문이다. 하지만 감각 기관을 통해 몸뚱이를 굴리는, 차고 뜨거움을 느끼는 그놈은 변치 않고 모두 똑같이 하나이다. 그 바탕자리가 스크린과 같으며, 각자의 세상은 오고가는 화면이요 환상인 것이다.

문 • 무엇이 죽음입니까?
답 • 자신의 진정한 본성을 망각하는 것이 죽음이다.

맞장구 육체가 나라는 의식을 하지 않으면 죽음이 없어진다. 죽을 게 없으니…. 따라서 이 작은 몸뚱이가 '나'가 아니라는 확신을 가져야 한다. 사실 이 몸뚱이는 태어나자마자 변하기 시작한다. 온 우주의 원자가 이 몸뚱이로 들락거리며 온 우주의 생기를 가지고 활동할 에너지를 갖는다. 큰 그림 전체를 보면 이 몸뚱이는 온 우주의 몸뚱이이다. 따라서 이 조그만 몸뚱이가 내가 아니라 온 우주가 나의 몸뚱이인 것이다. 여기서 온 우주의 몸뚱이와 온 우주의 마음이 되는 것이다. 몸뚱이만 보더라도 이 조그만 몸뚱이에서 온 우주의 몸뚱이로 확장해보는 것도 좋은 연습이 될 수도 있다. 하지만 이것도 환상이다.

참나는 있는 것도 아닌 없는 것도 아닌 자리.

거기서 흐름이, 큰 물줄기가 인연에 의해 온 우주가 몸뚱이가 움직이고…. 그 인연을 만들고 지켜보는 마음,

그 자리에서는 조그만 몸뚱이가 아닌 전체를 보고 행하게 된다.

느티나무 잎사귀의 입장이 아닌 느티나무 전체의 입장에서….

문 • 저는 부와 권세가 있고 물질에 부족함이 없지만 평화를 찾을 수 없습니다.

답 • 왜 평화를 원하는가? 왜 있는 그대로 존재하지 못하는가? 평화는 우리의 본성이다. 우리는 진실로 평화이다. 우리는 그것을 잊고서 외부에서 평화를 찾는다.

마음을 우리 외부 대상에서 거두어들여 내면으로 돌리는 순간, 그대는 진정한 평화를 맛보고 행복을 느끼게 될 것이다. 우리의 행복은 바깥을 향하는 마음을 통하여 감각의 접촉을 통하여 온다. 그런 행복의 걸림돌은 그것이 결코 한결같거나 지속적이지 않다는 것이다. 행복의 뒤에는 고통이 따른다. 왜냐하면 그 행복은 상황과 연결되어 있고 우리가 늘 좋다 나쁘다고 평가하는 사건들과 연결되어 있기 때문이다. 그런데 기쁨 또는 희열이라고 불리는 다른 차원의 행복이 있으며 여기에는 걸림돌이 없다. 라마나는 그것을 본연의 행복이라 부른다.

그것은 우리의 본성이기 때문이다. 왜 그대가 불행하게 느껴야 하는가? 그대는 오직 몸과 마음으로 오는 행복만을 기대하는가? 영원한 행복을 위한 유일한 길은 참나를 아는 것뿐이다. 그리면 진리가 마음으로부터 태양처럼 빛날 것이다. 마음에는 괴로움이 없을 것이며 진정한 행복이 마음에 넘쳐흐를 것이다. 참나는 행복이다

맞장구 행복을 위해 외부에서 뭘 구하는 것의 오류.

❶ 몸뚱이를 나의 전부라고 착각하여, 이 몸뚱이의 경계가 나의

경계이며, 이 몸뚱이로서의 나를 위한 나의 돈 나의 건강 나의 직장 나의 가족 나의 자존심 등을 추구한다. 사실은 이 몸뚱이가 내가 아니다.

❷ 구하려 해도, 끝없는 태초부터 원인과 원인이 쌓여 지금 다가오는 것이 지금의 한 욕심 한 마음 씀으로 간단히 바뀌는 것이 아니다. 외부는 그냥 그 자리에 있는 것이고 그냥 오고 가는 것이다.

❸ 구해봤자 얻어봤자 곧 시큰둥해지고 생각이 바뀐다. 얻어진 그것이 영원히 내게 무엇을 주는 게 아니다.
또한 일들이 전화위복이고 착각의 연속이다. 그 일의 진정한 원인이나 결과를 자신 나름의 생각으로 제한하여 편협하게 착각한다. '생각하기 나름' 이라는 말도 그래서 나온 것이다.

❹ 얻음은 그것을 얻었으니 멈추는 게 아니라 더 큰 얻음을 자꾸 바라는 습관을 기르게 한다. 끝없이 비교하고 무엇을 끝없이 추구하는 습관은 오히려 평화와 행복을 멀어지게 한다. 지금 가진 것에서, 내면에서 행복과 평화를 구하는 것이 더 바람직하다.

❺ 항상하지 않는 것은 변하고 믿을 게 못 된다. 어차피 또 없어질 것이다. 외부에서 얻은 물질에서 인연에 따라 생기는 마음에서 오는 평화가 얼마나 오래가겠는가?

❻ 뭘 구한다는 것은, 환이 환을 만들고 환에서 환을 보는 도깨비놀음의 습관에서 나온 것이다.

⑦ 이미 가지고 있는 것, 나의 바탕, 변치 않는 그 자리, 모든 것의 근원, 있음도 없음도 아니요 생사도 시공도 초월한 든든한 자리…. 비어 있으니 모든 것을 받아들이고 영특하여 모든 것을 만드는 그 자리. 지금도 소리를 듣고 눈으로 보고 타이핑하는 그 자리…. 이걸 두고 뭘 바란다는 말인고? 왜 수천조의 돈을 가진 너가 100원짜리를 구하려 찾아 헤매며 울고불고하는고?

⑧ 행불행은 온갖 착각이 모여 생긴 그림자요 환상이다. 눈으로 뭘 볼 때 그 눈의 기능에서 보이는 것을 받아들이고 그 받아들인 것에서 일부를 뇌가 해석하고 그것을 그때의 다른 상황과 연관시켜 해석하고, 그것에 대해 또 과거 기억을 지식을 미래의 대한 공상으로 범벅된 마음을 통해 좋다 나쁘다 판단하고, 여러 환상과 환상, 착각과 착각이 모이고 모여 행불행이라고 한다. 양자물리학의 세계에서 보면 텅 빈 공간뿐인데 뭘 만들어 울고불고 아등바등….
사람의 감각 기관을 통해 눈앞의 숲은 푸르고 피부로 공기는 흐르고 발에서 땅은 딱딱하고 귀에는 새소리도 나고 한 사람이 소리 낸다는 여러 수많은 정보가 들어오는데 뇌는 유독 소리라는 정보만 가지고 여자가 우네 하고 생각을 일으킨다. 또한 여기서 온갖 과거 기억과 지식으로 색칠을 시작하며 자신과 연결되어 좋고 나쁨으로 생각한다.

⑨ 참나의 자리에서는 유무도 생사도 시공도 초월한다. 모든 것

이 갖추어져 있으니, 이 몸뚱이를 위한 조그마한 것을 가지고 울고불고, 좋다 싫다 행복하다 불행하다 하는 것은 정말 아무것도 아닌, 꿈속의 일이다. 착각이다.

문 • 무디 저의 마음을 없애주십시오.

답 • 마음이라는 것이 있는가? 만약 있다면 어떤 모양으로 생겼는가? 턱수염이나 콧수염이 있는가? 순수한 마음은 참나다. 무지로 인해 자기를 육체와 동일시할 때 이 마음은 오염되고 한정된다. 마음의 소멸이란 말은 나는 몸이라고 믿는 근본무지가 끝나는 것을 의미한다.

맞장구 이 몸뚱이가 나라는 생각을 하며 살아가다 보면 경계에 따라 생기는 마음이 가짜 마음이 판을 친다. 나의 몸뚱이, 나의 것들이 이렇게 저렇게 될까 다른 몸뚱이들과 섞여 아웅다웅하는 마음이 또 그렇게 몸뚱이를 부린다. 가짜 마음의 근본 원인은 "내가 별개로 있다"는 생각이다. 별개의 나라고 애지중지하며 온갖 망상과 욕망으로 윤회를 이끌어가는 것이다. 첫 매듭을 푸는 방법은 몸뚱이가 나가 아니라는 것을 아는 것이다. 그러면 몸뚱이를 위한 여러 행동과 생각이 꿈과 같음을 알게 되어 가짜 마음들에서 벗어나 평화와 안락이 올 것이다. 더 나아가, 온 우주와 끝없는 허공이 나의 몸이며 그 근원이 지금 바로 여기 내가 가지고 있는 참나라는 것을 알게 되면, 온갖 물질과 마음, 온 우주와 시간 공간, 생사와 희로애락 고집멸도 이 모두가 변화의 하나이며, 그 변화는 근원과 하나임을 알게 된다. 그 근원에 머물면서 필요한 생각에 의해 변화를 만들면서도 가만할(Be Silent) 뿐이다.

말씀 마음은 진리를 확신한다. 마음은 실재의 현존을 느낀다. 활동하고 있을 때에도 마음은 실재의 참나, 지고의 존재 안에서 활동하고 있음을 알고 있다.

맞장구 지금 바로 여기 공적영지한 자리가 있기에 자체성이 없는 세포 덩어리를 통해 보고 듣고 말하고 움직인다. 움직임과 움직이지 않음이 하나요, 보아도 봄이 없고, 들어도 들음이 없고, 하되 함이 없는 동정일여의 자리요, 시간과 공간이 없는 유무의 앞 소식인 그 자리에서 벌이는 허공의 놀음놀이다

돈교오위문(깨달음에 이르는 5단계)

영명 연수대사의 『주심부(註心賦)』에 보면
저 돈교오위문(깨달음에 이르는 5단계)에서 다음과 같이 일렀다.

"제일 식심(第一 識心)이란 것은, 어(語)가 마음이요 견(見)이 마음이요 문(聞)이 마음이요 각(覺)이 마음이요 지(知)도 마음이다. 이것이 첫 번째 깨달음이다. 일일이 능지(能知)하는 허다(許多)한 마음이 모두 일심(一心)이다. 일심이 능히 일체 처소에 두루하다"

마음이 육신의 감각 기관을 통해 물질을 만들고 세상을 만든다.
견문각지를 만든다.(마음을, 생각들의 모임이 아닌, 습관이나 기억이나 교육으로 색칠된 마음 씀이 아닌, 그 이전의 근본자리로 규정하면)
이 마음은 모양이 없기에 시간과 공간이 없다.
이 마음은 크기와 경계가 없기에 모든 환의 세상을 만들며, 일체 처소에 두루하다.
이 마음은 있고 없고를 떠나, 있는 것과 없는 것을 만들어내며, 이 마음은 그렇지도 아니지도 않기에 모든 그러함과 아니함을 굴린다.

가되 감이 없다. 육신과 환상에는 감이 있되, 그 자리는 모양이 없으니 감이 없다.
하되 함이 없다. 육신과 환상에는 함이 있되, 그 자리는 모양이 없으니 함이 없다.
비었으니 모든 것의 근원이요, 비지 않았으니 모든 것을 만든다.
공적하니 모든 것을 받아들이고, 똑똑하니 모든 것을 만들어 부린다.

> "제이(第二)는 지신(知身)이니 육신(肉身)이 무정물(無情物)과 같은 줄 앎이다."

몸은 아프고 가렵고 좋고 싫음을 모른다.
육신은 계속 변한다. 세포가 죽고 살고 하니….
마음이 사람을 짓고 마음이 짐승을 짓고 마음이 물고기를 짓고 마음이 새를 짓는다.
눈이라는 기관, 귀라는 기관, 입이라는 기관을 통해 나름의 세상을 만들고 엮어간다.
감각 기관의 제한으로, 또 그 감각 기관으로 인해 겪는 것들이 축적되고 습이 되어 영향을 받은 마음 씀이 나름 환경을 겪으며 해석하며 만든 세상이다.
근본이 아닌 변하는 생각 덩어리로서의 마음인 생각 덩어리도 계속 변한다. 습을 만들고 쌓이고 주입받고 주변에 동화되며 변한다.
근본 마음자리는 사람이나 동물이나 하나이되, 사람을 만들어 동물을 만들어, 서로 다른 기관놀음으로 각자 다른 세상을 만들어낸다. 그 세상은 진짜가 아닌 환의 세상이다. 영원한 변치 않는 독립적인 것이 아니니 가짜이다, 환이다.

그 근본 마음, 참나가 생시와 꿈과 깊은 잠을 만든다.
하지만 우리는 생시만을 중시하며, 생시의 나만 나로 생각한다.
착각한다.
내가 활동하며 생시도 꿈도 모두 만들고, 내가 쉴 때는 깊은 잠이다.
꿈과 생시는 같다.
꿈에서 깨면 그 꿈의 세상이 아무것도 아니듯,
생시라는 꿈에서 깨면 이 세상은 또 아무것도 아니다.
그냥 참나의 자리에서 현상들이 스쳐가는, 놀음놀이이다.

> "제삼(第三)은 사대(四大)로 된 몸을 파(破)함이나 몸은 이 공(空)이요, 공(空)이 곧 이 무생(無生)이다. 공(空)은 내외와 중간이 없어서 일체의 모습을 여의었다."

몸뚱이는 변하는 세포 덩어리, 계속 변한다.
순간순간 한시도 쉬지 않고 변하니, 뭘 잡고 나라고 할 수 없다.
온 우주와 교류한다, 온 우주와 이 육신의 원자 분자, 에너지가 교환하고 교류한다.
태양의 빛, 공기, 하늘의 구름, 땅의 영양소, 박테리아, 채소, 동물, 우주 생성 시의 원자 요소들이 지금의 내 몸뚱이의 일부들을 구성한다. 차라리 이 몸뚱이는 우주 속의, 우주의 몸뚱이요 하나이다. 변치 않는, 구분된, 별개의 나의 몸뚱이가 아니다.

또한 눈이라는 감각 기관으로 보니 육신이다.
눈이 원자현미경의 성능을 가진다면 이 육신은 공이다. 세포 분자 원자 미립자. 들어가 보면 공이다. 어디에도 그 세상에서는 육신이 없다. 눈이 엑스레이라면 살은 없고 뼈만 있는 육신의 세상으로 또 달라질 것이다. 이렇게 보면 공이고, 이렇게 보면 뼈 덩어리이고, 이렇게 보면 몸뚱이다.
그러하니 사대로 된 육신은 어떻다고 할 실체가 없다.
공이되 이 눈으로 보니 육신이 된다.
실상의 공 자리에서는 모양이 없으니 생사가 없고, 정해진 모양이 없으니 안과 밖이 중간이 없고, 일체의 모습을 여의었다.

> "제사(第四)는 오음(五陰)을 파(破)함이니. 색음(色陰)이 만약 있다면 나머지 사음(四陰)도 허망한 것이 아니겠지만, 색음이 만약 없다면 사음이 어떻게 있겠는가? (오온=오음: 변화하는 모든 것을 구성하는 다섯 요소. 색, 수, 상, 행, 식.)"

보고 듣고 말하는 것의 대상인 색은 허망하다,
영원히 변치 않는 것이 아니고 또한 독립적인 무엇이 아닌, 감각 기관이 만들어낸 것, 보는 자에 의존하는 것, 이미지로 덧칠되어 있는 것이기 때문이다.

영원한 불변이 아닌, 항상 변하는 허망한 것….

색이 그렇다면, 여기 의존하는 수 상 행 식도 또한 당연히 그러하다.

온통 환의 세상, 몸뚱이도 환이요 몸뚱이가 만드는 세상도 환이다.

하지만 만드는 그놈, 만들 줄 아는 그놈!

이놈을 잡아야 한다. 보아야 한다. 알아야 한다.

지금 여기 바로 몸뚱이를 굴리는, 세상을 만드는 그놈!

제오(第五)는 견성(見性)하여 성불(成佛)함이니 고요하여 상주하니라.

볼 것도 없고 이룰 것도 없는 그 자리!

이미 여기 있는, 있다 없다 할 수 없는 그 자리!

고요하면서 고요하지도 않는 그 자리!

머무르면서 머묾도 없는 그 자리!

많이 부족한 나의 깜양으로 해본 생각놀음이다.

고인과의 대화 **09**

있지 않음과 없지 않음

'있지 않음' 과 '없지 않음' 은 둘이 아니니
'있지 않음' 이 곧 '없지 않음' 이니라.
있음과 없음은 망령된 마음이 세운 이름이라.
한번 부수면 하나도 남지 않는다.

–『대승찬』에서

중생이되 중생이 아니다. 움직이되 그 자리엔 움직임이 없다. 기뻐하되 기쁨이 없으며, 늙되 늙음이 없고, 죽되 죽는 것이 아니다. 상대적인 경계들은 그 자리인 거울에 있는 듯이 비추인 것. 절대와 상대는 하나, 경계와 그 자리도 하나이다. 아니 하나도 아니다. 편히 쉬어라.

나무는 하나이다. 하지만 뿌리가 있고 잎이 있다. 잎이 광합성을 할 때 뿌리는 물을 빨아들이고 있다. 그러면 나무 전체의 입장에서 말할 때는 광합성도 하고 물도 빨아들인다고 해야 한다.
이와 같이 겉으로 드러난 몸, 마음과 근원인 바탕자리는 전체적으로 하나이다. 따라서 잎과 뿌리를 동시에 하나로 보듯이, 몸, 마음과 근원자리를 동시에 봐야 한다.

모든 것의 바탕인 그 자리는 아무 빛깔도 소리도 냄새도 없으면서 온갖 빛깔과 소리와 냄새를 나툰다.

따라서 논리적으로도 몸이 늙을 때 그 근원자리는 늙음이 없다. 늙되 늙음이 없는 것이다.

중생이지만 근원자리는 중생이 아니다. 중생이되 중생이 아닌 것이다.

기뻐하되 기뻐함이 없고, 괴롭되 괴로움이 없다. 생사를 겪는다. 생사가 없이.

모든 것은 있는 것이며 또한 없는 것이다. '있지 않음' 이 곧 '없지 않음' 인 것이다.

고인과의 대화 **10**

듯하다

백봉 선생님의 설법 중 좋아하는 하나가 '듯하다' 이다.
기침한다. 없어진다. 그래서 기침한 듯하다.
날씨가 맑다. 다음에는 흐려진다. 맑은 듯하다.
몸이 아프다. 약 먹으니 낫는다. 아픈 듯하다.
꽃이 핀다. 이윽고 진다. 꽃이 핀 듯하다.
어리다. 나중에 어른이 된다. 어린 듯하다.

'듯~' 은 모든 현상이나 상황이 절대적이고 불변이 아니라는 말씀이시다. 모든 생긴 것은 결국은 변하고 없어지기 때문이다.
있었는데 변하고 없어진다. 그러니까 '있는 듯~' 이다.
따라서 모든 모습이나 생각이나 느낌이나 뭐라도 걸리는 것은 모두 듯이다.

꽃이 피었다. 꽃이 핀 듯.
날씨가 맑다. 맑은 듯.
몸이 아프다. 아픈 듯.

컴컴하다. 컴컴한 듯.

좋다. 좋은 듯.

간다. 가는 듯.

있다. 있는 듯.

산다. 사는 듯.

그리고 과거에서 현재, 미래까지의 시간을 압축해봐도 '듯~'을 붙이는 게 타당하다.

기쁘다 슬프다. 간다 온다. 있다 없다. 산다 죽는다. 무엇이든 그런 현상과 그렇지 않은 반대의 현상이 시간 흐름에 따라 서로 뒤바뀌고 순환이 되니 시간을 압축해보면, 현상은 기쁜 것도 슬픈 것도 아니요, 있는 것도 없는 것도 아니며, 사는 것도 죽는 것도 아니며, 그렇지도 그러하지도 않은 상황인 것이다.

따라서 무엇이든 현상이나 상황은 그대로 '듯'이 된다. 기쁜 듯 슬픈 듯, 가는 듯 오는 듯, 있는 듯 없는 듯, 사는 듯 죽는 듯.

그런데 그 상황과 반대의 상황이 하나이니, 한 단계 더 나아가면 반대의 상황에 듯을 붙일 수 있다.

이것과 저것이 하나이니

이것이 이것인 듯인 동시에

이것이 저것인 듯이기도 하다.

따라서

날씨가 맑다. 흐린 듯.

몸이 아프다. 안 아픈 듯.

컴컴하다. 밝은 듯.

기쁘다. 슬픈 듯 .

좋다. 싫은 듯.

간다. 오는 듯.

있다. 없는 듯.

산다. 죽는 듯.

모든 것이 듯….

이대로도 듯이요, 반대로 해도 듯이다.

이것과 저것이 하나이니

이것인 듯, 저것인 듯하다.

CHAPTER 8

일체처, 일체시에 자유롭다

일체처, 일체시에 자유롭다 **01**

찾아보고 둘러봐도

찾아보고 둘러봐도
모든 게 변하고 모든 게 가짜다.

내 몸도 변하고
보이는 것도 변하고
생각도 변하고
감정도 변하고
하나도 믿을 게 없고 가질 만한 것도 없다.
내 것이라 할 만한 게 없고 나라고 할 만한 것이 없다.

재산이 오고 가도 착이 없다.
명예가 오고 가도 착이 없다.
무엇이 내 것이 되어도 안 되어도 착이 없다
생각대로 감정대로 되어도 안 되어도 착이 없다.
가져도 헛것, 갖지 않아도 헛것, 헛것이기에….
인연 따라 오고 가는 환이기에….

하지만~

버리고 버린 후의 그 자리

버릴 수 없는 그 자리

버리려 하는 걸 아는 그 자리

모두를 만들며 만듦이 없는 그 자리

너도 없고 나도 없는 그 자리

거울처럼 모든 걸 비추는 그 자리

빙그레 미소 짓게 하는 그 자리….

응할 뿐~

그 자리에서~

보이는 대로 들리는 대로 다가오는 대로….

물끄러미 바라보고

빙그레 미소 지을 뿐….

진망(眞妄)이 어우러져 한바탕 놀음이다

물 위에 비친 달이 가짜인 줄 제대로 알면
그 달을 굳이 버리고 취할 필요가 없다.
굳이 이러고 저러고 하는 생각 자체도 안 나게 된다.

허공이 나인데
허공에 잠깐 나타난 구름을 나로 착각하고 있다.
모두 허공 속의 꿈 같은 일인데
굳이 취하려 버리려 하고 있다.

세상이라는 생각이라는 이런저런 환을
내 육체 내 명예 내 재산이라는 것이
환인 줄 가짜인 줄 뼈저리게 알면 된다.

태어났다,
죽었다,
지금 가고 있다,

이것 내 거다.
모두 몸뚱이라는 육체라는 물질을 기준으로 하는 것이다.
이 모두가 착각이다.

그 자리 참 마음에서는
가는 것도 오는 것도 머무는 것도 없다.
모두가 허공 속의 일이다. 허공을 벗어나지 않는다.
허공 같은 나를 이 조그만 육체라는 물질로 착각하고 있다.
온 세상은 일체 모습은 내 속에 허공 속에 나타난 환이다.
굳이 취하려 버리려 할 필요가 없다.
그냥 '아~ 이번엔 보름달이 비쳤네. 이번엔 그믐달이네.
저번엔 아프더니만 이번엔 포근하네….'

이렇게 망(妄)이 있기에 진(眞)이 드러난다.
망(妄)은 고맙게도 진(眞)을 알게 한다.
금반지를 보고 금을 안다. 금이 있음을 안다.
국수를 보고 밀가루를 안다. 밀가루가 존재함을 안다.

하지만 그 진(眞)은 물들지 않는다.
금반지든 금목걸이든 금은 그대로 금이다.
국수든 빵이든 밀가루는 밀가루이다.

그 진(眞) 속에서 온갖 밝고 어둠이 나타난다.
금에서 반지가 목걸이가 귀걸이가 만들어진다.
밀가루에서 국수가 빵이 과자가 만들어진다.

하지만 망 그대로 청정법신이다.
환 자체가 진이다.
금목걸이 금반지는 금이다.
국수와 과자는 밀가루이다.

"아야~" 그대로 청정법신이다.
탐진치 그대로 청정법신이다.

진망이 어우러져 한바탕이다!

일체처, 일체시에 자유롭다 **03**

유도 무도 아니다

빛깔이든 소리든 냄새든 기운이든
어떠한 뭐라도 있는 것을 유(有)라고 하고,
그렇지 않은 것을 무(無)라고 정의를 한다면,
사람들은 보통 유와 무로 구분한다.
사실은 모두 유도 무도 아니다.
본성자리도 유도 무도 아니고
산하대지도 유도 무도 아니며
온갖 생각도 유도 무도 아니다.

겉으로 나타난 현상인 유와 바탕으로 드러나지 않은 무가 실제는 하나로 어우러져 있기 때문이다.
금과 금반지같이 그 자리와 한 생각이 어우러져 있기 때문이다.
그 자리와 그 자리에서 나오는 한 생각과 생각이 만드는 세상만상이 어우러져 있기 때문이다.

모두 동전의 양면이요 스크린에 비친 영상이다.
동전의 다른 면이 없으면 동전이 아니요 스크린이 없으면 영화도 없다.
무로 보이는 바탕과 유로 보이는 만상이 하나이니 바탕도 현상도 모두 유도 무도 아니다.
비유하자면, 들판에 핀 코스모스를 진달래를 들판과 따로 떼어낼 수가 있는가? 땅속의 수분과 양분이 뿌리와 줄기와 꽃잎으로 끊임없이 연결 소통되니 그냥 모두 하나로 봐야지. 환으로 분별로 코스모스라고 하더라도 땅은 항상 함께하고 또 진달래로 연결되는 것이다.
또 다른 비유로 유정(有情)과 무정(無情)도 바탕과 하나로 어우러져 있다. 둘 다 한 생각 일으켜 만든 것이고, 굳이 환(幻)들을 나누며 분별한 것이며, 모두 바탕과 어우러져 순환되며 서로 연결되어 있는 것이다.

모두 있는 듯하나 없고, 없는 듯하나 있다.
모두 어우러진, 유도 무도 아닌 것을
우리는 굳이 유다 무다 분간하고 매달린다.
모두 하나로 어우러져 있는 것을
한쪽만을 바라보며 어긋난 망상을 부린다.
굳이 본바탕이다 현상이다, 절대성이다 상대성이다 애써 다르게 생각하고 구분한다.

내가 없는 그 자리에서 한 생각을 일으켜 만상을 만들고 만행을 한다.

거기엔 유와 무가, 바탕과 현상이, 절대와 상대가, 생사와 열반이 어우러져 있다.

어떠한 매임도 없이 분별망상을 떠난 그냥 그대로이며

유도 무도 아닌 그 자리에서 응할 뿐이다.

중생과 그 바탕과 부처가, 법(法)과 그 바탕과 비법(非法)이, 반야바라밀[44]과 그 바탕과 그렇지 않음이, 삼십이상[45]과 그 바탕과 그것 아님이 분별없이 어우러져 있다.

> "무릇 있는바 모습이 다 허망하니 만약 모든 모습을 아님 모습으로 보면 곧 여래를 뵈오리라."
>
> "삼십이상으로 여래를 뵈옴은 옳지 않음이니, 삽십이상은 곧 모습이 아니요 이 이름이 삼십이상일새니다."
>
> – 『금강경강송』에서

일체처, 일체시에 자유롭다 **04**

공겁인

보림선원 백봉 선생님의 설법은 언제나 호탕하고 그 경지에서 이리저리 잘 굴리시며 설명하신다.
토요 철야에 참석하여 법문을 듣다.

공겁인(空劫人)!
지구가 한 번 생겼다 없어지는 기간을 일 겁(劫)이라 하고, 그 겁에 빌 공(空) 자를 붙였다.
따라서 공겁이라는 뜻은 시간이 빈 그 자리, 시공이 없는 근본자리, 본래면목의 자리를 의미하게 된다. 여기에 인(人)을 붙여 공겁인이다.

공겁인은 공겁이라는 절대성의 그 자리와
인이라는 상대성이 결합된, 감탄하게 하는 절묘한 단어다.
절대의 차원과 상대의 차원이 공존하는 것을 보여주는 말씀이시다.
절대성의 그 자리에서 상대성을 굴리는,
하되 함이 없는,

그러하되 그러하지 않은 것을 보여준다.
금반지라는 단어가 금이라는 원료와 반지라는 형상을 결합된 단어인 것처럼, 공겁인은 공겁이라는 근본자리, 시간이 빈 그 자리가 사람이라는 상대성을 굴리는 것이다.
"빛깔도 소리도 냄새도 없는 법신이 이 몸뚱이를 굴린다."라는 새말귀 수행과 같은 얘기다.

근본 차원, 절대성 차원과 현상 차원, 상대성의 차원을 동시에 보여주는 공겁인!
근본이 없으면 형상도 없다.
형상이 있으면 근원, 근본이 있는 것이다.
공겁이 없으면 인이 없다.
따라서 근본, 원인인 공겁과 상대성인 모든 것은 결합된다.
금반지 금목걸이 금수저처럼….
공겁인 공겁사 공겁처 공겁시 공겁시계 공겁행동 공겁소리 공겁사과 공겁컴퓨터….
공겁인이 공겁사를 공급시에 굴린다. 절대 속에서 상대성이 굴려진다.

공겁몸뚱이가 공겁오늘아침에 공겁침대에서 일어나 공겁빵을 먹고 공겁양복을 입고, 공겁지하철을 타고 공겁출근을 하여 공겁책상에서 공겁컴퓨터를 써서 공겁사무를 한다.

공겁인이 공겁일을 하겠다는 이런저런 공겁생각을 하고, 이런저런 공겁계획을 하여 이런저런 공겁행동을 하며, 이런저런 공겁감정을 느껴 이런저런 공겁희망과 공겁걱정을 한다.

공겁인이 공겁침대에 비스듬히 누워 공겁TV를 보며 공겁소리를 듣고, 공겁생각에 공겁웃음소리를 내며 공겁즐거움을 공겁느낀다.

모든 형상과 생각과 행동에 항상 근본자리, 근원이….
절대와 상대의 다차원! 공존!

온갖 생활과 행동 속에서 본래면목을 놓치지 않게 하시는 참 감탄스러운 법문이시다.

일체처, 일체시에 자유롭다 **05**

그대의 노력이 속박입니다

노력이 왜 속박인가?

우선 그 자리에서 한 생각을 일으키는 것 자체가 환을 만드는 것이고 생각이 뭘 하려는 노력으로 연결된다.

보통은 이 몸뚱이를 위해 어떤 노력을 하곤 한다.

전 허공이 나인데 이 몸뚱이만을 위하는 것은 왜인가?

전 허공이 나인데 또 노력을 한다는 것은 무엇을 위한 것이란 말인가?

모든 우주 만물을 만들고 모두가 나인 입장에서 보면,

함도 없고 안 함도 없는,

하되 함이 없는 나의 입장에서 턱 앉으면,

"이 몸이 어떤 일을 한다"는 것은

'이 몸' 이라는 나와 남의 경계를 만들었고,

'어떤 일 '이라는 괜한 분별을 지었고,

'한다' 라는 모습을 만들었다.

그것은, 더구나 그 환을 더 강화시키는 노력은
그 자리에서 보면 부질없는 몸짓이요,
전체가 하나가 되어 일어나는 자유로운 허공의 변화를 제한하는 속박이다.

더구나,
나의 지금 노력이 전 우주의 인연으로 다가오는 몸뚱이의 경계를 어찌할 수 없으니, 이 몸뚱이의 노력은 자꾸 나와 남을 구분하고 나와 세계를 구분하는 부질없는 나쁜 습관이다.

온 우주가 나인데 그중 티끌 같은 일부의 무엇을 어떻게 변화하는 노력을 왜 한단 말인가?
그 환의 세상에서, 있어도 없어도 일어나도 일어나지 않아도 그냥 그만인데 뭘 한단 말인가?
그냥 그대로 나의 놀음놀이인데, 끝없는 허공 속의 변화에서 이 노력이 무엇이란 말인가?

그냥 그대로 여여하다….

일체처, 일체시에 자유롭다 **06**

무념 무상 무주

둘째 딸이 야구를 좋아한다.
친구와 부산까지 갔다, 야구 경기를 보러.
날씨가 좋아야 야구를 할 텐데….
우리 팀이 이겨야 좋은데….

가만히 보면 황당한 바람이다.
기상상황의 인과로 올 것이 오는 것인데
나의 바람대로 날씨가 좋아야 한다?
너와 나가 하나인데 우리 팀이 이겨야 한다?

모든 게 공한데 오늘 지하철 타고 출근해야 한다.
모든 게 하나인데 이건 네 것이고 이건 내 것이다.
모든 게 설법인데 지유스님 설법을 들어야 한다.
다가오는 건 인연놀이인데 지금 와서 이랬으면 저랬으면 바란다.
나는 태평양 전체인데 집 앞 웅덩이의 물을 걱정한다.

근본자리 참나와 몸뚱이의 생활은 다중구조이다.
금이면서 금반지요, 물이면서 얼음이다.
하나하나가 세포 덩어리이면서 모여서 몸뚱이요,
분석해가면 소립자 덩어리인데 눈에는 TV이고 컴퓨터이다.
나는 시간과 공간이 없는 허공의 주인공이면서
지금 서울에서 이 몸뚱이를 이 생각을 굴리는 것이다.

근본을 알면서 몸뚱이의 놀음놀이를 하면 편하다.
행하면서도 이것이 환인 줄 아니 집착이 없을 것이요,
바라면서도 이것이 공인 줄 아니 번뇌가 줄어들 것이다.
몸뚱이의 행을 생각하면서 매이지 않는,
이른바 무념 무상 무주가 가능할 것이다.

금반지를 볼 때는 '금인 줄 알면서 반지구나~' 가 필요하다
나의 근본 마음자리를 알면서
'그 자리에서 이 행동을 하는구나~' 로 깨어 있음이 필요하다.

일체처, 일체시에 자유롭다 **07**

부처님은 아직 태어나시지도 않았으나 모든 중생은 이미 제도되었다

새벽에 앉아 마하르쉬와 아루나찰나[46]의 사진을 보니,
내가 바로 마하르쉬이고 내가 바로 아루나찰나이다.

보통은
나 따로 있고 세상사물 따로 있는데 하나로 연결시켜 일체로 인식하려 하거나,
말하고 생각하는 이놈이 있고, 말의 대상 생각의 대상이 외부에 존재하지만 '결국은 하나이다' 라고 연결하는 경우가 있다.
이러한 견해는 은연중에 내가, 말하고 생각하는 이놈이 몸속에 있다고 여기면서, 몸을 경계로 삼아 내외로 구분하고는 결국 하나로 연결시키고 하나로 아는 것이다.

사실은 아니다. 보고 듣고 말하는, 걷고 앉고 타이핑하는 이놈은 이 몸 안에 있어 바깥의 외부 경계를 상대하는 게 아니다.
형체가 없으니 몸 안에 있을 수가 없고, 몸의 안과 밖에 매이지 않으니, 따로 있는 듯하던 몸 밖의 모두가 제한 없이 이놈으로 하나

이다. 이미 그냥 그대로 모두가 하나, 아니 하나도 아니다.
이놈 하나밖에 없다.
생생한 이놈이 바로 모든 것이요,
생생한 이놈이 바로 경계요,
생생한 이놈이 바로 불생불사요,
생생한 이놈이 팔팔하게 지금 이 자리에 있다.
나와 너가, 이놈과 마하르쉬가, 나와 아루나찰나가,
나와 길 가는 개가, 나와 산이 따로가 아니다.
마하르쉬와 아루나찰나가,
저 달과 길 가는 개와 이 책상이 따로 둘이 아니다.
모두가 일체로 하나이니 뭐라 할 것도 없다.

유와 무가 하나이며, 시간과 공간이 하나이며,
유정과 무정이 하나이며 그게 모두 말하고 듣는 이놈이다.
산소도 진흙소도 콧구멍 없는 소도 하나이며,
걷는 놈도 쉬는 놈도 나는 놈도 생각하는 놈도 하나이다.
진흙소가 날아다니며, 태산이 어정어정 걸어온다.
수억 년 전의 소식이 지금의 이 소식이며,
지금이 수억 년 후이니,
부처님은 아직 태어나시지도 않았으나
모든 중생은 이미 제도되었다.

일체처, 일체시에 자유롭다 **08**

거기가 바로 여긴데…

도를 구하려 하고 진아에 도달하려 하고,
무엇을 얻으려 하고, 어느 경지에 가고 싶어한다. 아등바등한다.
안달하며 애쓰고 울고 웃고 한다.

그런데….
바로 여기가 네가 그토록 원하는 그 자리이다.
바로 지금이 네가 절절이 원하는 그 때이다.

무상정각[47]의 자리
우주 만물이 태어나기 전의 자리
우주 만물이 부수어진 후의 자리
생사가 없는 자리
과거 미래가 없는 자리
경계가 없는 자리
두두물물이 바로 그것인 자리.

그 자리에서

지금 너는 타이핑하고 있고,

밥 먹고 일하고 얘기하고 생각하며 이 몸을 굴리고 있다….

어디 갈 데가 없다.

바로 지금 이 자리이다.

가슴이 뛴다~

일체처, 일체시에 자유롭다 **09**

모두 내가 일으킨다…

길을 지나다가
보이는 광경도
들리는 소리도,
지나가는 사람의 행동도
그들의 말도 그들의 생각도
모두 내가 만들고 일으킨다.
나와 그들과 사물이 하나가 된 근원인 그 자리에서
하나 되어 어우러져 일어난다.

사물도 빛깔도 소리도
느끼는 감각 기관도
받아들이는 그 마음도,
미리 따로 존재하거나 따로 생기는 것이 아니라
모두 동시에 생겼다 동시에 사라진다.
걸림도 없고 흔적도 없다.
모두가 그 자리에서 한 생각으로, 순간의 환으로 생멸한다.

그 자리

유도 무도 아니며

시간도 공간도 없는

너와 나 모두가 하나 되며

하나라고 할 수도 없는 그 자리….

없는 듯 응하며 있는 듯 잡을 수 없는 그 자리….

모두 버리면 갈 수 있고 구하려 하면 갈 수 없는 그 자리….

놓아라 버려라.

그냥 두어라!

나의 환상놀이!

지금 바로 여기 환상놀이를 굴린다.

있는 것도 아니며 없는 것도 아니면서
모든 것을 그 안에 품고 있다.
빛깔도 소리도 냄새도 없는 그 자리가
모든 것을 나투며 굴리는 듯 굴림도 없다.
바탕과 드러남, 거울과 영상, 바닷물과 파도,
하나이면서 둘인 듯, 둘이면서 하나인 듯….

생도 사도 없는 하지만 생과 사를 굴리는
시간이 없는 하지만 지금과 나중을 굴리는
공간도 없는 하지만 대소를 굴리는
너와 내가 없는 하지만 분별놀이를 굴리는
나와 경계가 하나인 하지만 하나 아님도 굴리는
함도 아니면서 아니함도 아닌
주와 객이, 능과 소가 어우러져 그냥 그대로인 나의 환상놀이!

일체처, 일체시에 자유롭다 **11**

그렇구나!

그렇구나~

이게 이렇고 저게 저런 게 없구나.

분별이 필요 없구나.

따지고 구하고가 없구나.

모두 하나…. 전체로서의 작용

내가 없고 이 일이 따로 없구나!

버스를 타고 간다.

내가 버스를 타고 가는 게 아니구나!

남과 따로인 내가, 다른 것과 따로인 버스를,

다른 행동과 따로 타고 가는 게 아니구나!

분별이 필요 없구나. 하나이구나!

그렇구나!

일체처, 일체시에 자유롭다 12

좋은 장난감!

내 몸과 마음은 수없이 많은 나의 장난감들 중 가장 친한 하나!

나의 몸은 안과 밖을 만들어 땅따먹기를 한다.
낮에는 경계를 가지고 놀고, 밤에는 꿈을 가지고 논다.
손 발 머리를 따로 굴리며 놀기도 하고,
가끔은 월드컵 축구 경기처럼 여러 몸을 하나로 갖고 논다.
고장 날 때 수리하거나 부품을 바꾸기도 한다.
세포 덩어리를 갖고 놀기도 하니, 생사도 갖고 논다.
나의 마음은 자유자재하고 몸을 갖고 논다.
좋아했다 싫어했다, 기뻤다가 즐거웠다, 집착했다 턱 놓았다,
몸뚱이에 영향을 주다가 이내 받기도 한다.
기억도 있고, 상상도 있고, 가짜 현실도 있으니,
무한한 재료를 가지고 온갖 것을 만들며 재미있게 논다.

즐겁다, 아주 즐겁다.
꿈, 꿈속의 꿈을 만드는 좋은 장난감!

일체처, 일체시에 자유롭다 **13**

그 자리에서는…

그 자리는

거울과 같다.

꽃이 있으면 꽃을 비춘다.

하늘이 있으면 하늘을 비춘다.

사랑하는 딸이 있으면 그 딸을 비춘다.

하지만 비추는 그 자리에서는

꽃도 없고 하늘도 없고 딸도 없다.

무생법인[48]. 생겨나지도 않았고 없어지지도 않았다.

꽃이라는 환상, 하늘이라는 환상, 딸이라는 환상을 무명으로 만들어낸다.

환상놀이, 세상 모두는 내가 만든 나의 놀음놀이를 하는 놀이터이다.

일체처, 일체시에 자유롭다 **14**

모두가 삼매에 들어 있다

모두가 삼매에 들어 있다.

방해하지 마라,

내버려둬라,

뭔가 하려는 것에서 벗어나라.

모두가 그 자리에서 삼매에 들어 있는 것을….

두어라!

그냥 두어라!

이렇게 좋을 수가 없고,

이렇게 여여할 수가 없다.

성불하십시오!

틀렸다.

이미 항상 부처인데 뭘 다시 되겠다는 것이냐?

착각 하나 더 만들 뿐이다.

행불하십시오!

틀렸다.

오고 감이 없는 그 자리에 어떻게 하고 하지 않음이 있겠느냐?

번거로움을 하나 더할 뿐이다.

부처도 아니다.

부처 아님도 아니다.

모두가 삼매에 들어 있다.

일체처, 일체시에 자유롭다 **15**

좋다~

그 자리에서
'나' 를 만들어
환인 몸을 나라 생각하여 환인 경계를 또 짓고
나와 남을, 나의 것과 남의 것을 분별한다.

나와 나의 것은
생각들의 다발인 습에 젖은 마음에 비추어져
희로애락을 만든다.

모두가 그 자리에서 나온, 아니 나온 것도 없지만 나의 놀음놀이다.
좋다~ 어린아이의 미소가 나를 웃게 하니 이 나의 놀음놀이요
좋다~ 작열하는 태양 바람 불어 시원하니 이 나의 놀음놀이요
좋다~ 아침에 속상했다 저녁에는 다시 즐거우니 이 나의 놀음놀이요
좋다~ 태어나 울고 웃고, 나이 들어 병들고 죽으니 이 또한 나의 놀음놀이다. 좋고 또 좋다….

일체처, 일체시에 자유롭다 16

바로 해탈이요 완전한 성취이다

차 마실 때
일할 때
얘기 나눌 때
바로 이 자리
바로 이 행동이
해탈이요
완전한 성취이다….

무엇을 더 구하려 바쁘고
무엇을 더 취하려 망상을 피우느냐
목전에 있는 모습 전체가 바로 자기이다.
누구도 너를 괴롭히지 않는다.
바로 지금 여기에 이대로 모든 것이 성취되었다!

일체처, 일체시에 자유롭다 17

보림삼관에 답하다

제1관

不去不來處에 生者何物 滅者何物인고?

가고 옴이 없는 곳에 산자는 무엇이며 죽는 자는 무엇인고?

天開地闢塵不動

三界輪廻無踪跡

하늘과 땅이 열려도 티끌 하나 움직이지 않았고,

삼계에 윤회는 흔적도 없네.

제2관

心外無法處에 迷者何物 悟者何物인가?

마음 밖에 법 없는데 미한 자는 무엇이며 깨친 자는 무엇인가?

千江月傳劫外機

凡聖共棹無底船

일천강의 달이 겁 밖의 소식을 드러내니

범부와 성인 함께 밑 없는 배 저어 가네.

제3관

人我皆空處에 說者何物 聽者何物인가?

너와 내가 비었는데 말하는 자는 무엇이며 듣는 자는 무엇인가?

石佛笑天地振動

魚登天雙手歡呼

돌부처의 웃음소리 온천지에 진동하니

물고기가 하늘로 올라 두 손으로 환호하네.

자성은 여여하다.

참나는 모습이 아니고, 그 자리는 자리가 아니니,

문자로 그려내거나 미칠 바가 아니다.

이제까지 제 글을 읽으신 여러분께서 혹여, 문자로 가리킨 곳에 생각과 느낌으로 모습을 만들어 들어앉을까 저어되어, 스승 백봉 선생님의 세 관문에, 제 부족한 답을 굳이 실어 봅니다.

구도의 길에 불보살과 스승들의 가호가 함께 하기를….

| 각주 |

1 공적 [空寂] : '공(空)'은 그 어느 것도 형상이 없음을 이르고, '적(寂)'은 고요하여 일어나거나 스러짐이 없음을 이른다.

영지 [靈知] : 신령스러운 지혜 즉 마음이 본래 갖추고 있는 지혜, 작용을 말한다. 신령스럽고 묘한 지혜

2 마하르쉬 : 슈리 라마나 마하르쉬. 20세기 전반에 남인도의 성산 아루나찰나에 살았던 불세출의 스승이다. 우리는 이 육체나 마음이 아니라 무한한 의식인 진아이며 개인적 자아와 현상계는 실재하지 않는다고 가르친다.

3 카르마 : 업(業, karma) 불교에서 중생이 몸과 입과 뜻으로 짓는 선악의 소행을 말하며, 혹은 전생의 소행으로 말미암아 현세에 받는 응보(應報)를 가리킨다. 산스크리트 Karm n의 의역이다.

4 부모미생전 [父母未生前] : 부모님이 태어나시기 이전의 자기의 본래 모습. 불교의 선가에서 나온 공안(公案) 즉 화두(話頭)의 하나로서 본래의 자기가 무엇인가를 묻는 화두이다. 하늘과 땅이 나뉘기 전, 부모미생전(父母未生前) 등으로 탐구한다

5 본래무일물 [本來無一物] : 본래 하나의 물건도 없다'라는 뜻으로, 아무것에도 집착하지 않는 청정한 마음 상태를 말한다. 불교 선종의 제6대조인 혜능의 게(偈)에서 유래되었다.

6 생주이멸 [生住異滅] : 모든 사물이 생기고, 머물고, 변화하고, 소멸함. 또는 그런 현상

7 성주괴공 [成住壞空] : 세계나 물질이 성립되고, 머무르고, 파괴되고 아무것도 없어지는 모습

8 여여 [如如] : 진여(眞如), 생멸(生滅)에 대칭되는 말이면서도, 불교에서는 제법諸法)의 실상(實相)을 나타내고 있는 '있는 그대로'의 존재양식을 진리로 생각하고, 어떤 특수한 원리에 근거한 진리를 배척한다. 본래 진여는 인간의 개념적 사유를 초월한 말이다.

9 사대 [四大] : 〈불교〉 세상 만물을 구성하는 땅, 물, 불, 바람의 네 가지 요소.

10 회자정리[會者定離] : 〈불교〉 만난 자는 반드시 헤어짐. 모든 것이 무상함을 나타내는 말이다.

11 새옹지마 [塞翁之馬] : 인생의 길흉화복은 변화가 많아서 예측하기가 어렵다는 말. 옛날에 새옹이 기르던 말이 오랑캐 땅으로 달아나서 노인이 낙심하였는데, 그 후에 달아났던 말이 준마를 한 필 끌고 와서 그 덕분에 훌륭한 말을 얻게 되었으나 아들이 그 준마를 타다가 떨어져서 다리가 부러졌으므로 노인이 다시 낙심하였는데, 그로 인하여 아들이 전쟁에 끌려 나가지 아니하고 죽음을 면할 수 있었다는 이야기에서 유래한다. 중국 ≪회남자≫의 '인간훈(人間訓)'에 나오는 말이다. 인간사는 새옹지마이다.

12 경계 [境界, boundary] : 사물이 어떠한 기준에 의하여 분간되는 한계.

13 인과 [因果] : 원인과 결과. 결과를 낳게 하는 것이 '인'이며 그 인으로 해서 생긴 것이 '과'이다. 과학을 비롯 철학이나 여러 학문은 이 두 사이에 일정한 법칙이 반드시 존재한다고 주장하여 '인과율'을 그 기초에 둔다. 불교에서는 인과 과의 사이에 조건을 세워 '연(緣)'이라고 하고 이들 인과 연과 과의 관련이 불교사상의 근간(根幹)이 되었다. 모든 인은 연을 매개로 하여 과를 맺고, 모든 과는 인에 연관되며 일체의 존재는 이 인과계열 속에 있어 모든 것이 항상 변한다.

14 발현업 [發現業] : 인과법칙에 의하여 현재는 과거의 행위(업행)의 결과이고 현재의 행위는 미래의 결과에 대한 씨앗(종자)이 된다. 전생에 누적된 업 전체 중에서 금생에 발현되는 것으로 보통 운명과 동일시된다. 슈리 라마나 마하르쉬에 따르면 한 사람의 발현업은 그의 육체가 탄생할 때 이미 정해져 있다고 한다.

15 실상 [實相] : 불교에서 이르는 모든 존재의 참된 본성. 진여(眞如) · 법성(法性)의 의미도 내포하고 있다. 석가의 깨달음의 내용이 되는 본연의 진실을 의미하며, 일여(一如) · 실성(實性) · 무위(無爲) · 열반(涅槃)도 실상의 이명(異名)으로 사용된다.

16 법신 [法身] : 색신(色身)은 모습을 나타낸 몸 즉 육신(肉身)을 뜻하고, 법신(法身)은 진리 그 자체의 몸을 뜻한다.

17 진공묘유 [眞空妙有] : 허공같이 텅 비었으되 묘하게 있음. 마음의 실체 모습을 뜻하는 말이다

18 허명자조 [虛明自照] : 허공처럼 텅 빈 가운데 스스로 밝게 비침. 마음의 작용을 뜻한다.

19 견문각지[見聞覺知] : 눈으로 빛을 보고, 귀로 소리를 듣고, 코 · 혀 · 몸으로 냄새 · 맛 · 촉감을 감각하고, 뜻으로 법을 아는 육식(六識) 작용. 외부를 식별 · 인식하는 마음의 작용을 이르는 말이다.

20 동분망견 [同分妄見] : 중생의 같은 분수에 의하여 허망하게 보는 것,

21 별업망견 [別業妄見] : 개개인의 업에 따라 따로 지은 업장으로 허망하게 보는 것.

22 나비효과 : 어느 한 곳에서 일어난 작은 나비의 날갯짓이 뉴욕에 태풍을 일으킬 수 있다는 이론. 미국의 기상학자 로렌츠(Lorentz, E. N.)가 사용한 용어로, 초기 조건의 사소한 변화가 전체에 막대한 영향을 미칠 수 있음을 이르는 말이다.

23 삼천대천세계 [三千大千世界] : 고대 인도인의 세계관에서 전 우주를 가리키는 말. 이 세계에는 하나의 태양, 하나의 달이 있다고 한다. 그러므로 현대적인 의미에서는 태양계에 해당된다고 하겠다. 이 세계가 1,000개 모인 것이 소천세계(小千世界)인데, 현대과학으로는 은하계에 해당한다고 하겠다. 소천세계가 1,000개 모인 것이 중천세계, 그리고 중천세계가 다시 1,000개 모인 것이 대천세계(大千世界)인데, 이를 삼천대천세계 또는 삼천세계라고 한다.

24 탐진치 [貪嗔癡] : 탐욕(貪慾. 지나치게 탐하는 욕심) · 진에(嗔恚, 화냄) · 우치(愚癡, 어리석음)를 말함.

25 항하사 : 인도 갠지즈 강의 모래, 셀 수 없이 많은 수를 뜻하는 비유로 쓰임

26 오욕 [五欲] : 사람의 다섯 가지 욕심, 곧 재물욕, 명예욕, 식욕, 수면욕, 색욕.

27 백봉 김기추 거사(1908~1985)는 한국의 유마거사로 추앙받는 인물이다. 그는 50세를 넘어 불교에 입문했지만 용맹정진으로 큰 깨달음을 얻었고, 이후 20여 년간을 후학지도와 중생교화에 힘쓴 위대한 선지식이다.

28 연기 [緣起] : 모든 현상은 무수한 원인(因:hetu)과 조건(緣:pratyaya)이 상호 관계하여 성립되므로, 독립 · 자존적인 것은 하나도 없고, 모든 조건 · 원인이 없으면 결과(果:phala)도 없다는 설. 나아가 일체현상의 생기소멸(生起消滅)의 법칙을 연기라고 한다. 그 간단한 형태는 “이것이 있으면 그것이 있고, 이것이 생기면 그것이 생긴다. 이것이 없으면 저것이 없고, 이것이 멸하면 저것도 멸한다”는 등으로 표현된다.

29 중중무진의 법계연기(重重無盡의 法界緣起)에 의하면 이 현상세계(現象世界)는 법계(Dharmadhatu)라고 한다. 그리고 법계는 한 티끌(一微塵) 속에 세계 전체가 반영되어 있으며, 일순간 속에 영원이 포함되어 있는 구조를 가지고 있다고 한다. 즉 하나를 들면 거기에 전 우주가 관계되고, 일체(만물 전체)가 개개의 사물 속에 포함되며, 서로 주종(主從)이 되어 무한히 관계되고 융합되며 서로 작용을 주고받는다. 즉, 일즉일체(一卽一切) · 일체즉일(一切卽一)의 관계에 있다고 한다.

30 방하착 [放下着] : 내려놓는다는 말

31 법신 [法身] : 보신(報身) · 응신(應身)과 더불어 삼신(三身)의 하나로서 법계의 이치와 일치하는 부처의 몸 즉 진리 그 자체를 뜻한다.

32 본래면목 [本來面目] : 자기의 본래 모습. 중생이 본디 지니고 있는 순수한 본성.

33 에크하르트 톨레 : 상담자이자 21세기 영적 교사로 추앙받는 영성가이다. 『지금

이 순간을 살아라』는 지난 10년간 아마존 베스트셀러로 자리를 굳히며 전 세계 독자들로부터 찬사를 받은 책이다.

34 능소 [能所] : 능(能)은 행위의 주체, 소(所)는 그 대상 객체를 뜻함

35 회광반조 [回光返照] : '빛을 돌이켜 거꾸로 비춘다' 라는 뜻으로, 마음의 활동에 의한 그림자와 같은 생각이나 감정이 아닌 이 현상을 일으키는 곳을 돌이켜서 비추어 본다는 뜻으로 마음을 바로 알아채는 것을 말함.

36 오온 [五蘊] : 사람을 구성하는 다섯 가지 요소를 통칭하며, 오음(五陰)이라고도 번역한다. 물질로 된 몸을 색(色)이라 하고, 정신작용은 자세히 느낌인 수(受), 생각인 상(想), 변화가 계속되는 흐름인 행(行), 기억이나 지식인 식(識)으로 나눈다.

37 성성적적 [惺惺寂寂] : 고요하면서도(寂) 의식이 맑게 깨어 있는 상태[惺].

38 반연 [攀緣] : 마음이 대상에 의지하여 작용을 일으킴.

39 영겁 [永劫] : 영원한 세월. 겁(劫)이란 어떤 시간의 단위로도 계산할 수 없는 무한히 긴 시간. 하늘과 땅이 한 번 개벽한 때에서부터 다음 개벽할 때까지의 동안이라는 뜻이다.

40 유정(有情)은 지각이 있는 중생. 무정(無情)은 지각이 없는 중생.

41 열반 [涅槃] : 불교에서 수행에 의해 진리를 체득하여 미혹(迷惑)과 집착(執着)을 끊고 일체의 속박에서 해탈(解脫)한 최고의 경지.

42 삼세 [三世] : 불교에서의 시간의 구분. 과거 · 현재 · 미래, 전세(前世), 현세(現世), 내세(來世)를 말한다.

43 구족 [具足] : 충분(充分)히 빠짐없이 갖추어 있음

44 반야바라밀 [般若波羅蜜] : 대승불교의 중요 수행덕목인 육바라밀의 하나로서 지혜바라밀이라 하며, 공의 진리를 바로 깨달아서 완전한 지혜, 보리열반을 성취하는 것이다.

45 삼십이상 [三十二相, 32상] : 부처나 전륜성왕(轉輪聖王)이 몸에 지니고 있다는 32가지 모습.

46 아루나찰나 : 남인도에 있는 산. 마하르쉬가 우주의 심장이라고 했을 정도로 이 곳을 수행의 최적의 장소로 여겼고 죽을 때까지 이곳에 있었다.

47 무상정각 [無上正覺] : 더할 나위가 없는 깨달음. 부처의 깨달음을 이름

48 무생법인 [無生法忍] : 생(生)이 없다는 진리라는 의미로 일체가 모두 불생불멸(不生不滅)임을 아는 것.

사람들은 저마다 괴로움을 벗어나 행복을 얻으려고 밤낮으로 동분서주 쉴 틈도 없이 평생을 보낸다. 그리고 행복은 좋은 것을 얻고 싫은 것을 없애는 데 있는 줄 안다.

하지만 남학현 박사 부인의 병문안을 갔을 때 무의식중의 모습을 보면서, 아무것도 버리고 얻을 것이 없는 그 상태야말로 진정한 평온이 아닌가 생각되었다. 누워 있는 모습이 많이 괴로울 줄 알았는데 아주 평온한 모습인 걸 보고 놀랍고 의외였다. 무념무상의 참모습이 그런 모습이 아닐까! 그렇게 평안하고 평온한 모습이 그 무엇보다 아름답기가 그지없었다. 한 번도 또 그 어디에서도 그런 얼굴을 본 일이 없다. 마치 남편의 마지막 기억에 남기고자 하는 것처럼, 그리고 행복이 무엇인지 우리들에게 가르치려는 것처럼. 게다가 이렇게 떠나면서까지 남편이 세상에 좋은 책을 내놓게 만든 인연과 공덕을 짓는 것이 대단하고 기특하고 고마웠다.

워낙 애처가이고 가정에 충실했던 남 박사가 일찍이 부인과 마음공부를 같이 하지 못한 것을 못내 아쉬워하더니 책으로나마 함께하고 싶어 몇 장씩 써놓은 것이 이렇게 잘 정리된 줄은 몰랐다. 이번에 출간되는 책은 많은 성현들의 서적을 읽고 잘 소화하여 아내에 대한 애틋한 사랑과 그리움을 타인들과 공감하고 싶어 적은 글이다.

무엇을 버리고 무엇을 얻을 수 있겠는가? 다만 육신과 나의 동일시에서 벗어나 현전일념일 때 참다운 행복이 있지 않나 생각된다. 글 자체가 어렵지 않고 현대과학을 인용하여 쉽게 생사문제를 설명한 것이 읽는 사람에게 많은 도움이 될 것이다.

혜일 합장